ROSSINANTE REPREND LA ROUTE

DU MÊME AUTEUR

42e PARALLÈLE, Gallimard, Folio, 1986.
LA GROSSE GALETTE, Gallimard, Folio, 1986.
MANHATTAN TRANSFER, Futuropolis-Gallimard, 1990.
ORIENT-EXPRESS, Rocher, 1991.
SERVICE COMMANDÉ, Rocher, 1992.
L'INITIATION D'UN HOMME : 1917, Gallimard, Folio, 1997 ; Grand Caractère, 2002.
BILAN D'UNE NATION, Rocher, 1998.
LA BELLE VIE, Gallimard, 2002.
USA, Gallimard, 2002.

JOHN DOS PASSOS

ROSSINANTE REPREND LA ROUTE

Traduit de l'anglais (Etats-Unis)
par
MARIE-FRANCE GIROD

BERNARD GRASSET
PARIS

L'édition originale de cet ouvrage a été publiée par George H. Doran Company, en 1992, sous le titre :

ROSINANTE TO THE ROAD AGAIN

I

Une attitude et une quête

Télémaque avait tant erré à la recherche de son père qu'il en avait pratiquement oublié l'objet de sa quête. Installé sur la peluche jaune d'une banquette d'*El Oro del Rhin*, le café de la Plaza Santa Ana à Madrid, il essuyait avec un morceau de pain les dernières traces de sauce brune dans une assiette où s'empilaient les os d'un pigeon démembré. Une assiette identique, déjà nettoyée par son compagnon, était posée en face de la sienne. Télémaque porta le pain à sa bouche, but d'un coup son verre de bière, poussa un soupir et se pencha au-dessus de la table.

« Je me demande pourquoi je suis ici, dit-il.

— Pourquoi ailleurs plutôt qu'ici ? » répondit Lyaeus, un jeune homme aux joues creuses, avant de faire subir le même sort à sa bière. Il avait le geste lent et un petit sourire navré jouait en permanence sur ses lèvres.

Au bout d'une perspective de tables de marbre blanc et de têtes tendues au-dessus de la peluche jaune des coussins, quatre Allemandes jouaient *Tannhäuser* sur une petite estrade enfumée. Arômes mêlés de bière, de sciure, de crevettes, de pigeon rôti.

« Tu connais Jorge Manrique ? Eh bien, voici une raison, Tél », poursuivit sans hâte l'autre homme. Il fit signe d'une main au serveur, agita l'autre devant son visage comme pour chasser la musique, puis se mit à réciter en détachant chaque mot :

> « *Recuerde el alma dormida*
> *Avive el seso y despierte*
> *Contemplando*
> *Cómo se pasa la vida,*
> *Cómo se viene la muerte*
> *Tan callando :*
> *Cuán presto se va el placer,*
> *Cómo después de acordado*
> *Da dolor,*
> *Cómo a nuestro parecer*
> *Cualquier tiempo pasado*
> *Fué mejor* *. »

---

* Extrait de *Coplas por la Muerte de su Padre* (Stances

« La mort, oui, toujours, dit Télémaque, mais il faut continuer. »

Il avait plu et, sur les pavés lavés par l'averse, les lumières formaient des ondes rouges, orange, vertes et jaunes. Venu de la sierra, un vent glacé s'engouffrait à grand fracas dans les rues. Tout en marchant à côté de Télémaque, son compagnon lui expliquait comment ce noble Castillan, homme d'armes et courtisan, s'était enfermé à la mort de son père, le Maître de Santiago, pour écrire ce poème, comment il avait créé ce rythme formidable du vent de la mort qui balaie le monde. Cela avait été son œuvre unique. Ils l'imaginaient en train d'écrire à une table sous un citronnier, vêtu de velours noir, dans la cour de sa magnifique demeure d'Ocaña couleur de terre, aux larges gouttières bruissant des roucoulements des pigeons et aux vestibules immenses dont les chevrons étaient décorés d'arabesques vermillon. Au bout de la rue écrasée de soleil, dans la cathédrale qui, à l'époque, était en cours de construction, un impressionnant catafalque devait avoir été dressé dans l'odeur sèche de la poussière des pierres et

---

sur la Mort de son Père) de Jorge Manrique (1440-1479). (NdT).

des échafaudages. A l'intérieur, les bras croisés sur la poitrine, devait se trouver le Maître de Santiago. Assis sur les sièges sculptés du chœur, les robustes chanoines psalmodiaient d'un ton monocorde une interminable litanie ; à la porte de la sacristie, la lueur des cierges faisait scintiller par intermittence les joyaux de la mitre de l'évêque qui tripotait nerveusement sa crosse en demandant de temps à autre à son enfant de chœur préféré pourquoi Don Jorge tardait à venir. Sans doute avait-on envoyé auprès de Don Jorge des messagers chargés de l'avertir que le service allait commencer et sans doute les avait-il chassés d'un geste solennel de sa longue main blanche, tandis que dans son esprit venaient se mêler le marmonnement lointain des psalmodies, le tintement du mors d'argent de son cheval rouan qui piaffait, attaché à une colonne de style mauresque, le souvenir de cavalcades entrant dans les villes conquises au son clair des trompettes, damas écarlate flottant au vent, les danses des dames de la cour et le bruit des pigeons dans les gouttières, pour former, tels les sons successifs tirés des cordes d'une guitare, une magnifique vague de rythme qui emportait sa vie dans ce poème dédié à la mort.

Nuestras vidas son los ríos
Que van a dar en la mar,
Que es el morir...

Ces mots, Télémaque se les répétait encore à voix basse au moment où ils pénétrèrent dans le théâtre. L'orchestre jouait une sévillane. Quand ils s'installèrent à leur place, ils aperçurent par-dessus les têtes et les épaules des autres spectateurs une femme imposante coiffée d'une mantille qu'un peigne planté au sommet de son crâne rehaussait d'une cinquantaine de centimètres. Elle dansait avec la dignité que lui conférait son embonpoint. Sous sa robe rose volantée de dentelle, la masse de ses seins et de son ventre tremblotait, tout comme son triple menton, chaque fois qu'elle frappait la scène de ses petits talons. Tandis qu'ils s'asseyaient, elle se retira en s'inclinant comme une caravelle prise toutes voiles dehors dans un coup de vent. Le rideau tomba et le silence se fit dans la salle. Pastora allait entrer en scène.

Pincement de cordes de guitare, qui vibrent avec rapidité, le son sec comme le chant des criquets dans une haie, un jour d'été. Pauses qui coupent le souffle et vous glacent soudain le sang comme le bruissement d'une branche dans le silence d'un bois, la nuit. Un gitan ceint d'une écharpe rouge joue, avachi sur une chaise de rotin bon marché posée devant un rideau d'un pourpre fané. Dans la coulisse, des talons frappent le sol, prennent paresseusement le rythme, puis, brusquement, le claquement des doigts se joint à eux ; le rythme ralentit, se fait frémissement d'abeille battant des ailes au-dessus d'une fleur de trèfle. Dans la salle, on entend distinctement déglutir les spectateurs. Alors, avec un infime martèlement des talons, un infime claquement des doigts de sa main brune levée au-dessus de sa tête, le corps bien droit sous un châle jaune brodé de fleurs qui éclaboussent son sein de rouge sombre et ses épaules et ses cuisses de vert et de violet, Pastoria Imperio * s'avance calmement, lentement, sur la scène.

Ces mots reviennent à l'esprit de Télémaque :

Cómo se viene la muerte
Tan callando.

Elle a le teint brun, le menton pointu ; ses sourcils, qui se rejoignent presque au-dessus de son nez, se haussent en forme d'accent

---

* Célèbre danseuse de flamenco du début du XXe siècle. Elle créa notamment le ballet de Manuel de Falla *L'Amour sorcier*, en 1915. (NdT).

circonflexe vers l'éclat fiévreux de sa chevelure noire; ses lèvres entrouvertes sur un demi-sourire semblent celer un secret. Une main à la taille, le châle fermement tenu au coude, elle fait le tour de la scène, les cuisses souples et nerveuses. Une panthère en cage. Au fond de la scène, elle se retourne brusquement et s'avance; ses doigts claquent avec une force et une insistance accrues; la guitare s'affole comme un vol de perdrix apeurées dans un champ. Le martèlement des talons rouges devient menaçant.

Decidme : la hermosura,
La gentil frescura y tez
De la cara
El color y la blancura,
Cuando viene la vejez
Cuál se para ?

Elle a atteint les feux de la rampe; son visage est maintenant dans l'ombre, sourcils froncés; le châle s'embrase et sur son sein, la fleur rouge sombre prend des reflets de braise. La guitare s'est tue. Le claquement des doigts de la danseuse continue à résonner par intermittence, lourd de menace. Puis, prenant une profonde inspiration, elle se redresse, durcit les muscles de son ventre sous les plis du châle de soie tendu et la voilà qui repart, légère et gaie, avec, dans son œil fixé sur l'assistance, l'expression indulgente de la nourrice qui regarde l'enfant auquel elle vient involontairement de faire peur avec un conte de fées un peu trop effrayant.

Le rythme de la guitare a changé de nouveau ; les longues franges du châle qu'elle ne tient plus serré autour d'elle frémissent ; elle marche à pas lents et pompeux, caravelle parée pour quelque fête, reine vêtue de plumes et de brocart...

¿ Qué se hicieron las damas,
Sus tocados, sus vestidos,
Sus olores ?
¿ Qué se hicieron las llamas
De los fuegos encendidos
D'amadores ?

Puis elle disparaît à la vue des spectateurs. Le guitariste gitan se gratte la nuque d'une main couleur tabac, la guitare posée entre les jambes, et découvre ses dents dans un énorme bâillement.

Quand ils sortirent du théâtre, la pluie avait séché et les étoiles clignotaient dans le vent glacial au-dessus des maisons. Sur le trottoir, des vieilles femmes vendaient des marrons chauds à côté de petits crieurs de journaux déguenillés.

« Et maintenant, Télémaque, te demandes-tu encore pourquoi tu es ici ? »

Ils entrèrent dans un café et commandèrent machinalement une bière. Cette fois, les banquettes étaient recouvertes de peluche rouge râpée. Autour d'eux, des groupes d'hommes moustachus penchés au-dessus des tables, à cheval sur leur chaise, en train de bavarder.

« C'est cette attitude. Elle subjugue. Tu ne la ressens pas dans tes bras ? Quelque chose de brusque, de terriblement musculaire ?

— Lorsque Belmonte a soudain tourné le dos au taureau et s'est éloigné en traînant derrière lui le tissu rouge sur le sol, je l'ai ressentie, oui, dit Lyaeus.

— Cette attitude, une flamme jaune sur des cadences rouge sombre et violettes... la crânerie d'une réaction de défi au beau milieu d'une litanie à la mort toute-puissante. Ça, c'est l'Espagne... Ou du moins la Castille.

— Tu crois que « crânerie » est le mot juste ?

— Trouve mieux.

— Pour l'attitude du chevalier du Moyen Age qui jette son gant de fer aux pieds de son ennemi ou une rose vers la fenêtre de sa dame, du muletier qui repousse son verre d'eau-de-vie, de Pastoria Imperio quand elle danse... Un mot ! Foutaise ! » Et Lyaeus éclata d'un grand rire, tête renversée en arrière.

Télémaque se sentit quelque peu offensé.

« As-tu remarqué qu'elle suivait d'extraordinairement près le rythme de Jorge Manrique ? demanda-t-il froidement.

— Bien sûr, bien sûr », répondit Lyaeus, toujours secoué de hoquets.

Le serveur apporta deux chopes de bière.

« Remporte-moi ça, lui lança Lyaeus. Qui donc a commandé de la bière ? Apporte-nous quelque chose de fort, du champagne, par exemple, et bois la bière à notre santé. »

Le serveur était décharné, le teint et le blanc de l'œil jaunes, mais il ne put résister au grand rire de Lyaeus et feignit de boire la bière.

Télémaque était maintenant très en colère. Bien qu'il eût oublié sa quête et les maximes de Pénélope, l'idée désagréable de devoir plus tard rendre compte de ses actes devant un aréopage vaguement imaginé de femmes au regard inquisiteur continuait à lui trotter dans la tête. Ce Lyaeus, se disait-il, était trop libre, trop bien dans sa peau. A ce moment, s'imposa de nouveau à lui l'image de la danseuse plantée devant les feux de la rampe, droite comme une caryatide, le visage dans l'ombre, son châle jaune flamboyant dans la lumière ; c'était comme si les amples ondulations de son buste s'imprimaient au fer rouge dans sa propre chair. Il prit une profonde inspiration. Son corps se tendit comme une fronde.

« Oh, saisir cette attitude ! », murmura-t-il. Les vagues figures féminines inquisitrices avaient reculé dans les profondeurs de son esprit.

Lyaeus lui tendit une flûte au son cristallin.

« Il y a toutes sortes d'attitudes », dit-il.

De l'autre côté de la vitre, un paysan passait en chantant. Sa voix s'attarda sur une note tremblée, monta dans les aigus, hésita, redescendit la gamme, puis remonta soudain à la vitesse terrifiante d'une fusée et reprit son chant avec une force renouvelée.

« La revoilà ! », s'écria Télémaque. Il bondit de son siège et se précipita dans la rue. Il n'y avait personne sur le large trottoir. Un vent aigre sifflait parmi les lampadaires, blancs comme des yeux morts.

« Quel sot ! », lança Lyaeus entre deux éclats de rire lorsque Télémaque vint se rasseoir auprès de lui. « Tiens, tu vas la trouver là-dedans. » Et malgré les protestations de Télémaque, il remplit les flûtes. Un grand changement était intervenu chez Lyaeus. Son visage paraissait plus plein, ses joues plus roses. Il avait les lèvres très rouges et humides. Une boucle s'était formée sur ses tempes, dans sa chevelure noire.

Ils restèrent à boire ensemble un long moment.

Finalement, Télémaque se mit debout, non sans difficulté.

« C'est plus fort que moi. Je dois capturer cette attitude, la formuler, pouvoir la prendre. C'est incroyablement important pour moi.

— Maintenant tu sais ce que tu fais ici, dit Lyaeus d'une voix posée.

— Et toi, pourquoi es-tu ici ?

— Pour boire.

— On s'en va.

— Mais pourquoi ?

— Pour capturer cette attitude, Lyaeus. » Télémaque avait pris un ton des plus solennels.

« Comme un chasseur de papillons d'opérette ! », s'exclama Lyaeus en partant d'un rire si sonore que les consommateurs du fond du café sourirent malgré eux.

« Elle s'est imprimée en moi au fer rouge. Il faut la formuler, la rendre permanente.

— L'anéantir, dit Lyaeus, soudain sérieux. Mieux vaut l'avaler avec le contenu de ton verre. »

En silence, ils se mirent en marche sous les arcades de la rue. De chaque côté, des coupoles, des façades aux volutes baroques, une tour carrée, la masse d'un marché couvert, des toits de tuiles et des cheminées se découpaient sur le ciel constellé d'étoiles. Ils émergèrent enfin, poussés par une bourrasque, sur une place vide éclairée par de rares lampadaires, face à la voûte étoilée dominée par Orion. Sous la voûte, une voix gémissante, montant d'un tas de haillons, demandait l'aumône. Dans l'air vif, le bruit des pièces de monnaie sonna clair.

« Où mène cette route ?

— A Tolède », répondit le mendiant en se relevant. C'était un vieillard barbu, qui dégageait une odeur épouvantable.

« Merci... Nous venons de voir Pastoria, dit Lyaeus d'un air désinvolte.

— Ah, Pastoria ! La dernière grande danseuse... », dit le mendiant et il se signa.

La chaussée verglacée crissait doucement sous les pas des deux hommes.

Tout en marchant, Lyaeus récitait des vers du poème de Jorge Manrique.

Cómo se pasa la vida,
Cómo se viene la muerte
Tan callando :
Cuán presto se va el placer,
Cómo después de acordado
Da dolor,

Cómo a nuestro parecer
Cualquier tiempo pasado
Fué mejor.

« Je te parie qu'à Tolède le vin est excellent, Tél. »

La route les avait conduits au sommet d'une colline. D'en haut, ils avaient la vue sur Madrid, dont les contours sombres contrastaient avec la clarté du ciel étoilé. Devant eux, des plaines cultivées, des ravins embrumés et les lumières tremblotantes de nombreuses charrettes, chacune avançant au pas lent de trois mules dont le son des grelots leur parvenait. Un coq se mit à chanter. Soudain, le trémolo d'une voix monta crânement de la route obscure en dessous d'eux, s'envola dans les aigus, de plus en plus haut, manqua s'éteindre, puis reprit avec la furia d'un foulard agité par un jour de grand vent, d'un faucon fondant sur sa proie, d'une fusée faisant irruption parmi les étoiles.

« Ton filet à papillons, nigaud ! » L'écho du rire de Lyaeus résonna dans les champs gelés.

Télémaque répondit à voix basse :

« Hâtons-nous. »

Il avança, le regard fixé sur la route. Dans l'obscurité, il pouvait voir l'image de Pastoria au moment où, enveloppée dans le châle jaune dont la broderie rouge sombre tachait et moulait son sein, elle se tenait devant les feux de la rampe, frémissante d'anticipation, puis prenait brusquement une inspiration et, dans une attitude exultante et magnifique, reprenait le rythme de sa danse. Télémaque n'arrivait toutefois pas à saisir l'attitude dans ce qu'elle avait d'instantané et de triomphant. Il marchait à grandes enjambées sur la route gelée, cherchant douloureusement à en retrouver le souvenir dans ses muscles.

II

L'ânier

Tandis que pour le paysan qui peine
Le labeur ne varie jamais
La vie née de la riche graine
Deviendra huile, fruit, vin, blé.

Le chemin serpentait dans l'oliveraie entre les fossés d'irrigation miroitants qui s'élargissaient de temps à autre pour former des mares bordées de roseaux et peuplées de grenouilles, dans le bruissement des lauriers-roses proches. A travers le feuillage argenté des oliviers, j'apercevais l'ample ondulation rousse des montagnes, striée d'émeraude par les champs de millet, avec, au-dessus, se détachant sur la voûte indigo, les épaulements neigeux de coupes claires, nettes comme du métal au clair de lune. En dessous de moi, le son des grelots d'un âne, puis, au détour d'un chemin, la croupe gris-mauve de l'animal, avec ses losanges bien dessinés et sa queue qui oscillait dans un balancement méditatif tandis qu'il avançait sur les cailloux de la route, la tête encore dissimulée à ma vue par sa charge de paniers d'osier. Au prochain virage, je le dépassai pour cheminer au côté de l'*arriero*, un garçon au teint basané, vêtu d'un étroit pantalon bleu et d'une tunique grise coupée à la taille. Il avait les pommettes saillantes, le nez aquilin, les hanches étroites d'un Arabe et l'andalou qu'il parlait en aspirant les syllabes ressemblait à de l'arabe.

Nous nous saluâmes avec la cordialité coutumière aux voyageurs lorsqu'ils se rencontrent sur d'étroits chemins de montagne. Nous parlâmes de la pluie et du beau temps, du vent, des raffineries de sucre de Motril, des femmes, des voyages et des vendanges, chacun tentant désespérément de comprendre le jargon de l'autre. Quand il comprit que j'étais américain et que j'avais connu la guerre, il manifesta un intérêt soudain ; bien sûr, j'étais un déserteur, dit-il, excellente idée de se défiler. Un an plus tôt, il y avait deux déserteurs dans sa petite ville, des *Alemanes*. Des amis à moi, peut-être ? Je lui fis remarquer que les *Alemanes* et moi étions dans des camps opposés. Il éclata de rire. Quelle importance ? Il répéta ensuite à plusieurs reprises : « *Qué burro la guerra, qué burro la guerra.* » Je protestai, le doigt pointé sur l'âne qui nous suivait à petits pas légers, tout en nous regardant d'un air intrigué derrière ses longs cils. Y avait-il plus avisé qu'un âne ?

Il rit de plus belle, ses lèvres pleines découvrant deux impeccables rangées de dents éblouissantes, puis s'arrêta et se tourna vers les montagnes. « Regardez, dit-il, avec un geste ample de sa main brune, là-bas, ce sont les Alpujarras, l'ultime refuge des rois maures. On y trouve parfois des bandits. Vous êtes venu au bon endroit. Ici, nous sommes des hommes libres. »

L'âne nous dépassa en nous lançant un regard en coin et se mit à naviguer de part et d'autre du chemin en broutant au passage un peu d'herbe sèche. Nous le suivîmes. L'*arriero* me raconta que son frère aurait été appelé sous les drapeaux si la famille n'avait réuni les mille pesetas nécessaires pour acheter sa liberté. Ce n'était pas une vie pour un homme. Il cracha sur une pierre. Ils ne l'attraperaient jamais, il en était certain. L'armée, ce n'était pas une vie.

Au fond de la vallée coulait un large ruisseau, que nous franchîmes après avoir fait assaut de politesse pour savoir qui passerait à dos d'âne, lequel âne tordait le nez au contact de l'eau glacée et des pierres glissantes. En arrivant de l'autre côté de la large moraine caillouteuse, nous rencontrâmes un homme au teint sombre, sec comme un pruneau, pourvu d'une dentition chevaline jaunâtre. En apprenant que j'étais américain, il manifesta une grande excitation.

« L'Amérique, c'est la terre de l'avenir », s'exclama-t-il. Il accompagna ces paroles d'une claque dans le dos d'une telle vigueur que je faillis choir de l'âne sur lequel j'étais alors à califourchon.

« *En América no se divierte* », marmonna l'*arriero*. En Amérique, on ne s'amuse pas. Il entreprit de réchauffer ses pieds glacés par le franchissement du gué dans la brûlante poussière jaune safran du chemin.

L'âne s'élança en avant. Ravi de se retrouver en terrain sec et doux après toute cette eau et ces petits chemins pierreux, il donnait des coups de pied aux cailloux et tentait de jeter bas les grands paniers d'osier en forme de poire accrochés de chaque côté de la selle. Nous le suivîmes tous les trois en discutant, tandis que le soleil nous envoyait des ailes de feu qui battaient, blanches, autour de nous.

« En Amérique, les gens sont libres, déclara le noiraud. Il n'y a pas de gardes champêtres ; les cantonniers travaillent huit heures par jour, portent des chemises de soie et gagnent... euh... un *dineral.* » Il s'arrêta, le souffle coupé par son incursion dans l'infini des chiffres. Puis il reprit : « Les études des enfants sont gratuites, il n'y a pas de prêtres et, à quarante ans, chaque bonhomme a sa voiture.

— *¡ Ca !,* commenta l'*arriero.*

— *Sí, hombre* », dit le noiraud.

L'*arriero* marcha quelque temps en silence, l'œil fixé sur ses orteils qui enfonçaient dans la poussière à chaque pas. Puis il lâcha, en détachant bien les mots : « *¡ Ca !, en América no se hase na'a que trabahar y de'cansar !* Bon sang, en Amérique, on ne fait que travailler et se reposer pour pouvoir se remettre au travail. Ce n'est pas une vie pour un homme. Il n'y a aucun plaisir à vivre là-bas. C'est un vieux pêcheur d'éponges de Malaga qui me l'a dit et il savait de quoi il parlait. Ce n'est pas d'or que les gens ont besoin, mais de pain et de vin et de... de vie. Là-bas, ils ne font que travailler et se reposer pour pouvoir se remettre au travail... »

Tandis qu'il parlait, je voyais en pensée des hommes rougeauds en culotte, la perruque de travers sur leur grand front, en train de lire d'une voix onctueuse les phrases « droits inaliénables... quête du bonheur », tandis que résonnaient dans ma tête ces vers de *Le jour de la fille d'Hadès* de Meredith :

Tandis que pour le paysan qui peine
Le labeur ne varie jamais
La vie née de la riche graine
Deviendra huile, fruit, vin, blé.

L'âne s'arrêta devant une taverne qu'un treillage recouvert de feuilles de courge poussiéreuses protégeait de l'éclat bleu du ciel et des ardeurs du soleil.

« Il veut dire : "Buvez donc un petit coup, messieurs", traduisit le noiraud.

Dans la pénombre verdâtre de la taverne, une odeur anisée et un bruit d'eau coulant goutte à goutte. Après avoir trempé ses lèvres dans un godet rempli d'un épais vin doré, l'homme pointa le doigt vers l'*arriero* et déclara : « D'après lui, la vie n'est pas agréable en Amérique.

— Mais les gens ont beaucoup d'argent, en Amérique ! » s'écria le tenancier, un homme au teint violacé dont une ceinture de coton rouge marquait le tour de taille impressionnant. Il frotta son index contre son pouce dans un geste éloquent.

Tout le monde se gaussa bruyamment de l'*arriero,* qui maintint cependant sa position. Il sortit en hochant négativement la tête et en murmurant : « Ce n'est pas une vie pour un homme. »

Quand nous quittâmes la taverne où le noiraud brossait à gros traits le tableau de la légende de l'Ouest, l'*arriero* m'expliqua d'une voix émue qu'il n'avait pas voulu dire du mal de mon pays, mais simplement expliquer pourquoi il n'avait aucune envie d'émigrer. Pendant qu'il parlait, nous dépassâmes une charrette pleine de raisins dorés, légèrement étourdis par le tintement des grelots et les émanations douceâtres de la fermentation alcoolique débutante. Un homme sombre aux sourcils proéminents avançait en tenant la mule par la bride, tandis que dans la charrette, ses pieds bruns fermement plantés dans la masse fumante des raisins et son visage empourpré tourné vers l'ardent soleil blanc, un petit garçon aux boucles noires poussait des cris triomphants, découvrant ses dents comme s'il voulait mordre dans l'astre.

« Ce que tu veux dire, dis-je à l'*arriero*, c'est que ça, c'est une vie pour un homme. »

Il rejeta la tête en arrière avec un rire approbateur.

« Quelque chose qui n'est pas travailler, ni s'apprêter à se remettre au travail ?

— Exactement. » Il se tourna vers l'âne et cria : « Hue, hue ! »

Nous accélérâmes l'allure. Ma chemise

trempée de sueur se gonfla dans mon dos lorsqu'un petit vent frais nous accueillit au tournant du chemin.

« Hum, ça sent la mer, dit l'*arriero.* On va la voir du haut de la prochaine colline. »

Ce soir-là, quand j'émergeai d'une démarche incertaine de l'auberge de Motril, après avoir bu et mangé plus que de raison, la lune pleine éclairait le ciel derrière les arcs de la coupole de l'église rose et jaune safran. Partout, des ombres vert acier rayées de clarté lunaire. Assis sur la plaza, mon sac à dos à côté de moi, j'essayais de retrouver mes esprits dans cette troublante blancheur nocturne, lorsque trois mules sortirent de l'ombre, aiguillonnées par des cris rauques, leurs grelots tintant dans la nuit. Elles semblaient en liberté, mais lorsqu'elles s'arrêtèrent avec un soubresaut près de la fontaine, je m'aperçus qu'elles étaient en fait attachées à une voiture en forme d'araignée, basculée vers l'avant comme si elle descendait en permanence une pente. A l'intérieur, on entendait des voix assourdies, semblables aux gloussements étouffés de volailles que l'on emmène au marché dans une cage.

Sur le siège du cocher, on avait les pieds sur les brancards et la vue sur les bouts de tissu et de lacets avec lesquels le harnais était réparé. Dans un concert de craquements et de grincements, accompagnés des grognements des passagers, des claquements du fouet et des chapelets de jurons du conducteur, la voiture quitta la ville en oscillant sur ses roues faussées et traversa une plaine grasse d'où montaient les gargouillis des fossés d'irrigation, les cris stridents des crapauds et le bruissement de fausset des feuilles de la canne à sucre. De temps en temps, le reflet de la lune montante sur les feuilles de bananier et une large bande argentée sur la mer. Côté terre, les collines comme des tas de cendre au clair de lune et, au loin, la silhouette vague des montagnes.

A mes côtés, lançant une série d'apostrophes peu flatteuses pour les ancêtres de la mule de tête, l'arrière du crâne coiffé d'un chapeau en cuir de Cordoue d'où sortait une mèche noire qui lui tombait sur le nez et le faisait ressembler à un lutin, le conducteur rebondissait, se tortillait et donnait des coups de pied dans les flancs des bêtes qui avançaient du pas incertain d'un ivrogne sur la route inégale. Après avoir dévalé un ravin, traversé une plage de galets, franchi une passerelle de planches et regagné le lit de la rivière que j'avais passé à gué le matin avec mon copain l'*arriero*, nous roulâmes le long d'un rivage semé de bateaux de pêche et de petits cabanons où dormaient les pêcheurs;

quelques aboiements de chien et, un pont plus loin, nous nous engageâmes à grand fracas dans la rue escarpée d'un village avant de nous arrêter en catastrophe sur la grand-place, devant une taverne.

« On a du retard, dit le conducteur à l'allure de lutin en se tournant vers moi. Je n'ai pas dormi depuis quatre jours. Passé toutes les nuits à danser. »

Il avala une goulée d'air et s'étira sous la lune. « Ah, les femmes, les femmes ! ajouta-t-il sur le mode philosophe. Vous avez une cigarette ?

— *Ah, la juventud*, dit à son tour le vieil homme qui apportait le sac de courrier. Il nous contempla en se grattant la tête. « Il faut en profiter. Elle ne dure qu'un moment, *un momentito !* Les hommes âgés travaillent la journée, les jeunes la nuit... *¡Ay de mí !* » Il se mit à rire aux éclats.

Et comme murmurés par une bouche invisible, les mots de Jorge Manrique filtrèrent à travers la nuit :

¿Qué se hizo el Rey Don Juan ?
Los infantes de Aragón
¿Qué se hicieron ?
Qué fué de tanto galán,
Qué fué de tanta invención,
¿Cómo truxeron ?

Tout le monde entra dans la taverne, d'où provenaient des chants et des claquements de mains rythmés, dans une joyeuse ambiance de verres choqués et de coups de poing sur les tables qui n'avait sans doute rien à envier à celle de la *Mermaid* sous le règne de la Reine Vierge. A l'extérieur, le disque brillant de la lune s'élevait dans le ciel, taché d'une éclaboussure verdâtre évoquant les marques du temps sur un calice en argent repoussé posé sur un autel. De la tête brisée du lion de la fontaine coulait un mince filet murmurant de vif-argent. La brise de mer apportait des odeurs de pourriture, mêlées au parfum du jasmin et à celui du thym brûlant dans les foyers. Un peu plus loin dans la rue, des géraniums se consumaient sous la lune ; au-dessus d'eux, dans l'obscurité, les contours presque imperceptibles d'un visage, l'éclat fugitif d'un regard ; en face, appuyé contre le mur blanc dans une immobilité parfaite, un homme, tête levée, narines dilatées – *el amor.*

Tandis que la voiture s'éloignait péniblement dans un concert de sons discordants, nous avions encore dans les oreilles le rythme de la taverne, celui des mains brunes que l'on claque et des talons martelant le chêne du parquet. Devant la dernière maison du village, quelqu'un nous héla. Le véhicule s'arrêta dans un vacarme de vaisselle cassée. Un homme sec, au visage pâle orné d'une moustache cosmétiquée évoquant les ressorts d'un piège à rats, monta à l'avant, pendant que des costauds hissaient à l'arrière quantité de malles liées avec des cordes.

« Deux heures ! Deux heures de retard ! » se lamenta l'homme en hochant sa tête coiffée d'une casquette à carreaux. « Rien eu à me mettre dans le ventre depuis ce matin, sauf deux œufs durs... C'est inadmissible ! *¡Qué incultura ! ¡Qué pueblo indecente !* Deux œufs durs dans toute une journée !

— J'ai eu à faire à Motril, Don Antonio, répondit le conducteur lutin avec un grand sourire.

— Tu as eu à faire ! » Don Antonio faillit s'étouffer de rire. « Après tout, quelle nuit ! »

Quelque chose me poussa à raconter à Don Antonio l'histoire de Mykerinus, roi d'Egypte, que rapporte Hérodote. Un oracle lui ayant dit qu'il ne lui restait que dix ans à vivre, le roi se fit apporter des torches et refusa de dormir pour pouvoir vivre vingt années en l'espace de dix. Entre deux incursions rauques dans la vie privée de la grand-mère de la mule de tête, le conducteur prêtait l'oreille.

Don Antonio se tapa sur la cuisse et alluma une cigarette. « En Andalousie, on fait tous ça, n'est-ce pas, Paco ?

— Oui, Monsieur », approuva le lutin en opinant du chef.

« C'est *lo flamenco*, s'écria Don Antonio. La vie de l'Andalousie, c'est *lo flamenco.* »

La lune a commencé à perdre pied en haut du zénith noir et glissant. Nous avançons cahin-caha, sur un chemin au sommet d'une falaise ; en dessous de nous, la mer aux multiples et surprenants scintillements, bordée d'une dentelle d'écume, qui froufroute comme le tutu d'une ballerine. La tête du conducteur endormi ballotte, la casquette à carreaux couvre le visage du petit homme et cache même ses moustaches. Soudain, la mule de tête, prise d'un coup de folie suicidaire, fait un bond de côté vers l'à-pic de la falaise. Cailloux qui tombent dans le vide, claquement sec des traits, hurlements, cris à l'intérieur. La mule a été arrêtée de justesse dans son élan. En bas, la mer reflète l'ombre d'une voiture qui oscille au bord obscur de la falaise.

« *¡ Hija de puta !* », s'exclame le conducteur à tête de lutin en sautant à terre.

Don Antonio s'éveille avec un grognement et entreprend d'expliquer d'un ton plaintif qu'il n'a mangé que deux œufs durs de toute la journée. L'éclair blanc des dents du conducteur fulgure tandis qu'il agonit d'injures les mules qui tremblent et tirent sur les traits. Avec un sursaut qui lui arrache des grincements terrifiants, la voiture se redresse et se retrouve en sécurité sur la route. Des visages furibonds en sortent, telles des têtes de poules émergeant d'une cage renversée. Don Antonio se tourne vers moi et lance d'un ton triomphant : « *¿Qué flamenco, hé ?* »

Une fois parvenus à Almuñecar, Don Antonio, le conducteur lutin et moi nous assîmes à une petite table à la terrasse du cercle déserté. Un serveur apparut, portant du vin, du café, du jambon cru, du pain rassis et des cigarettes. De temps à autre, un léger coup de vent venu de la mer faisait frémir les palmes poussiéreuses au-dessus de nos têtes. Les bagues qui ornaient les doigts minces de Don Antonio luisaient sous l'unique ampoule électrique fatiguée qui nous éclairait, parmi des devises palpitantes, tandis qu'il m'expliquait ce qu'était *lo flamenco.*

L'attitude crâne et rude, l'interprétation parfaite du chant aux notes tremblées, le distique impeccablement amorcé, le dos tourné au taureau qui charge, la mantille drapée d'une manière délicieusement provocante : c'était tout cela, *lo flamenco.* « Sur cette côte, *señor inglés,* nous ne travaillons pas beaucoup, c'est vrai, nous sommes sales et sans instruction, mais bon sang, nous savons vivre ! Vous savez ce que font les pauvres des villes, l'été ? Ils louent un figuier et vont s'installer dessous avec chiens, chats et marmots, ils mangent les figues au fur et à mesure qu'elles mûrissent et boivent l'eau fraîche des fontaines. Nom d'un petit bonhomme, croyez-moi, c'est le bonheur ! Ils ne craignent personne, n'ont de comptes à rendre à personne. Les jeunes font l'amour et grattent la guitare, les plus âgés racontent des histoires et élèvent leurs enfants. Vous avez beaucoup voyagé, au contraire de moi qui n'ai pas dépassé Madrid, mais je vous jure que nulle part ailleurs que dans cette *vega* d'Almuñecar vous ne trouverez des femmes plus belles, un sol plus riche, une cuisine meilleure... Si seulement le vin était plus léger...

— Donc, pas question pour vous d'aller en Amérique ?

— *¡Hombre por dios !* Allez, Paco, chante-nous quelque chose... C'est un Galicien, vous savez. »

Le conducteur lutin sourit et rejeta la tête en arrière.

« Vous pouvez aller au bout du monde, vous y trouverez toujours un *Gallego* », dit-il.

Il vida son verre de vin, s'essuya la bouche sur le dos de la main et chantonna :

Si quieres qu'el carro cante
mójale y dejel'en río
que después de buen moja'o
canta com'un silbi'o.

(Si tu veux que ta charrette chante, mouille-la et laisse-la tremper dans la rivière, car une fois bien trempée, elle chantera comme un criquet.)

« *Holà* », s'écria Don Antonio, continue !

A mí me gusta el blanco,
¡ viva lo blanco ! ¡muera lo negro !
porque el negro es muy triste.
Yo soy alegre. Yo no lo quiero.

(J'aime le blanc, vive le blanc, à mort le noir ! Car le noir est triste à mourir. Moi, je suis gai. Je ne l'aime pas.)

« C'est exactement ça ! s'écria Don Antonio. Vous, les gens du Nord, les Anglais, les Américains et les Allemands, vous aimez le noir. Vous aimez être tristes. Pas moi.

— *Yo soy alegre. Yo no lo quiero.* »

La lune disparaissait à l'ouest, rougeâtre et gonflée. A l'est, le soleil levant commençait à faire pâlir le ciel. Des oiseaux se mirent à pépier au-dessus de nos têtes. Je me retirai, mais de mon lit j'entendais encore le conducteur qui braillait de sa voix rauque :

A mí me gusta el blanco,
¡ viva lo blanco ! ¡ muera lo negro !

A Nerja, dans un berceau d'ipomées violettes qui fleurissaient sur une falaise rouge en surplomb d'une plage où des enfants à la peau brune se baignaient, *lo flamenco* fut de nouveau le sujet de la conversation.

« En Espagne, disait mon ami Don Diego, c'est soit le ventre et le bas-ventre, soit le cœur et la tête qui gouvernent notre vie. Il n'y a pas de moyen terme entre Don Quichotte le mystique et Sancho Pança le sensuel. Pança, c'est *lo flamenco.*

— Mais vous savez vivre.

— Dans la saleté, les maladies, l'absence d'éducation, la bestialité... La moitié d'entre nous meurent à force d'excès de table ou du manque de nourriture.

— Vous voudriez quoi ?

— De l'éducation, de l'organisation, de l'énergie, le monde moderne. »

Je lui rapportai ce qu'avait dit de l'Amérique l'ânier sur la route descendant des Alpujarras, à savoir qu'en Amérique, on ne faisait que travailler, puis se reposer pour pouvoir se remettre au travail. Or, l'Amérique était le monde moderne.

Et *lo flamenco,* ce n'est ni travailler ni s'apprêter à se remettre au travail.

Dans la soirée, on sortit San Miguel et l'on gagna un oratoire au bord de la route, d'où l'on ramena la Vierge des Douleurs en une procession avec cierges, fusées et force psalmodies, et tandis que la silhouette conique, portée sur les épaules de six hommes en sueur, attendait, vacillant un peu, à l'entrée de la plaza où les jeunes filles avaient orné leur chevelure noire de fleurs de jasmin, chacun brandit son chapeau et cria : « *¡Viva la Vírgen de las Angustias!* » Et la Vierge et San Miguel durent baisser la tête pour passer la porte de l'église, où les gens les suivirent avec des *¡Viva!* à faire trembler les vieilles voûtes dans la lumière vacillante des cierges. Certains prièrent pour que tombe la pluie, car elle tardait à venir et tout était sec. A la sortie de l'église, ils purent voir qu'un léger voile, pareil à une mantille de dentelle blanche, passait sur la lune et ils rentrèrent satisfaits chez eux.

Dans les rues étroites et impeccablement balayées, éclairées çà et là par le rectangle de lumière orange d'une fenêtre, les femmes laissaient derrière elles le sillage parfumé de leurs chevelures piquées de fleurs de jasmin.

Don Diego et moi, nous marchâmes un long moment sur le rivage en parlant de l'Amérique, de la Vierge Marie, de la soupe appelée *ajó blanco*, de Don Quichotte et de *lo flamenco.* Nous essayions de définir la qualité de vie des habitants de cette riche plaine côtière, au pied des montagnes, qu'on appelle ici la *vega.* Quand nous marchions dans la campagne et traversions les champs surélevés au-dessus des petits talus tapissés d'herbe des fossés d'irrigation, leurs propriétaires nous offraient un verre de vin et une tranche de pastèque, simplement parce que nous n'étions pas d'ici. J'avais expliqué à mon ami qu'en Amérique, dans son monde moderne, ces mêmes gens nous auraient chassés à coups de fusil chargé au sel gemme. Il me répondit que, de toute façon, le vieil ordre était en train de changer et que dans la mesure où il n'y avait d'autre voie que de se joindre à la procession de l'industrialisation, les Espagnols devaient se débrouiller pour que leur pays se porte en tête au lieu de traîner en queue de peloton.

« Et vous croyez que cela mène quelque part, de se compliquer sans cesse la vie comme ça ?

— Evidemment, répondit-il.

— Où donc ?

— Qui peut dire où ? Plus loin que *lo flamenco,* en tout cas.

— Mais ne pourrait-on faire en sorte de donner du sens au chemin ? »

Il haussa les épaules. « Le travail », dit-il.

Nous étions parvenus à un petit renfoncement dans la falaise où l'on avait rangé les bateaux de pêche qui, avec leurs voiles repliées, ressemblaient à des canards endormis. Nous escaladâmes la falaise par un sentier sinueux. Des cailloux se détachaient sous nos pas ; les épineux aromatiques nous écorchaient les mains. Nous arrivâmes à un vallon profondément enfoncé dans la montagne, où résonnaient le rire d'une chute d'eau et le bruissement du feuillage vert. A travers une jonchaie, on distinguait la blancheur des sept arches surélevées d'un aqueduc. Des parfums multiples montaient à nos narines, odeur du thym poussant dans les hauteurs, de la terre grasse des champs humides, des chèvres, du jasmin et de l'héliotrope, de l'eau froide descendue des champs de neige courant dans les fossés. Dans le lointain, un âne brayait. Quand son cri s'éteignit, une voix masculine s'éleva soudain des champs obscurs, monta jusqu'à la tension extrême des cordes vocales, redescendit en glissant sur les notes comme un petit bateau que la vague couche, déroula lentement dans la nuit un somptueux rouleau de rythme, reprit, puis se tut, telle une chandelle qui coule, vacille et s'éteint.

« Quelque chose qui n'est pas travailler, ni s'apprêter à se remettre au travail. » Je repensai à l'*arriero* qui m'avait fait traverser le ruisseau à gué sur le dos de son âne en descendant des Alpujarras et à sa formule : « *¡ Ca !, en América no se hase na'a que trabahar y de'cansar !* »

Je l'avais laissé dans son village natal, un petit agglomérat de toits rouges et jaunes rassemblés autour d'une tour massive édifiée par les Maures et de la silhouette voûtée d'une église lugubre qui se dressait seule sur une place de terre battue. Avant d'y pénétrer, nous nous étions reposés quelque temps sous un figuier et il en avait profité pour chausser ses minces pieds bruns de chaussures de toile blanche. Le vent faisait bruire les larges feuilles et les fruits violets, à la peau fendue sur la chair cramoisie et gorgée de soleil, qui se détachaient sur le bleu intense du ciel, dégageaient un parfum qui nous entourait de sa caresse de velours tiède. L'*arriero* avait vanté les mérites de son âne et le bonheur d'aller de village en village avec sa marchandise, en quête de châtaignes et de petit bois dans la montagne, de poisson au bord de la mer, de ferblanterie à Malaga et de sucre dans les raffineries de Motril. Les nuits passées à danser et à jouer de la guitare au moment des vendanges, les *fiestas* de la Sainte Vierge, où l'on honorait des dieux plus anciens et plus réels que Jéhovah et la douloureuse mère du Christ livide, les *toros*, sang et flammes de soie brodée sous le soleil, les mots chuchotés la nuit de part et d'autre de fenêtres ornées de barreaux, les longues journées de route sur les sentiers de montagne caillouteux... Je l'écoutais, allongé, les yeux clos, avec dans les oreilles le bourdonnement des petites abeilles dans le figuier, en me disant que j'aurais aimé que sa vie soit la mienne. Au bout d'un moment, nous avions sauté sur nos pieds et j'avais remis mon sac sur mon dos, avec son contenu de livres, de crayons et de ridicules petits blocs de papier, avant de reprendre la route, une route dénuée d'ombre, en pensant avec une sorte de gaieté amère à ce chrétien suffisant et à son fichu fardeau.

« Quelque chose qui n'est pas travailler, ni s'apprêter à se remettre au travail, afin que le chemin ait suffisamment de sens pour qu'on puisse se passer de destination, c'est ça, *lo flamenco* », dis-je à Don Diego, tandis que, dans le vallon, nous contemplions les sept arches blanches de l'aqueduc.

Il hocha la tête, l'air dubitatif.

III

Le boulanger d'Almorox

1

Ah, les *señores* étaient de Madrid ? Le ton de l'homme était empreint d'un respect considérable. C'était le boulanger d'Almorox, le bourg dont nous avions fait ce dimanche-là le but d'une excursion à partir de Madrid. Nous nous tenions sur le carrelage impeccable de sa maison, tandis que son épouse nous offrait cérémonieusement du vin et des figues. Le père de l'ami qui m'accompagnait avait vécu autrefois dans le même village que le père du boulanger, dont il était le client. D'où l'accueil qui nous était réservé. Le boulanger d'Almorox était un homme de haute taille, dont le teint cendreux contrastait avec la moustache qui barrait son visage d'un trait noir et luisant.

Sa tête massive tendue en avant, il souriait, ravi de recevoir des étrangers chez lui, et demandait des nouvelles de la famille de mon ami avec modestie et courtoisie. Don Fernando et Doña Ana allaient bien ? Et la señorita ? Et le petit Carlos ? Carlos était grand, maintenant, répondit mon ami et Doña Ana nous avait quittés.

La femme du boulanger était restée jusque-là dans l'ombre et suivait la conversation en nous regardant tour à tour avec un mélange d'étonnement et de plaisir, mais à ces mots, elle s'avança soudain dans le flot de lumière vert doré qui entrait par la porte, une bouteille de vin rouge sombre à la main. Elle avait les larmes aux yeux. Non, elle ne connaissait aucune de ces personnes, se hâta-t-elle de dire – en fait, elle n'avait jamais quitté Almorox –, mais elle avait tellement entendu parler de leur gentillesse et elle était désolée de... Perdre son père ou sa mère était une chose terrible. Le boulanger, gêné de voir ses hôtes gagnés par la tristesse, se balançait d'un pied sur l'autre. Il suggéra que nous allions voir l'Hermitage, au sommet de la colline. Il nous montrerait le chemin.

Et son travail ? Aucune importance. Ce n'était pas tous les jours qu'on voyait des étrangers à Almorox. Sur ce, il enroula un cache-nez de laine autour de son cou épais et franchit le seuil d'un pas décidé. Nous le suivîmes par les rues sinueuses bordées de maisons aux murs blanchis à la chaux, dont les portes ouvertes laissaient entrevoir des pièces au carrelage sombre surmontées de grands chevrons noirs et des cours où les poulets picoraient le fumier entre les dalles patinées. A la sortie du village, nous continuâmes entre deux murs, les pieds enfoncés dans la boue noire de la grand-route, puis nous émergeâmes en pleine campagne, où le vert vif de carrés d'herbe tendre ressortait sur les teintes grises et rousses du paysage vallonné. Au sommet de la première colline s'élevait l'Hermitage, une petite chapelle blanche dotée d'une haute tour carrée ; au-dessus de la porte, un bas-relief de pierre moussue représentait la Vierge, une couronne sur la tête. L'intérieur, très simple, abritait un unique autel surchargé en dorures et surmonté d'une statue peinte, également de la Vierge, dans une attitude raide, mais non dénuée d'une grâce hautaine. Elle était vêtue d'une longue robe de dentelle ornée de tuyautés et de ruchés, que la poussière et l'usure avaient fait virer au gris.

« *La Vírgen de la Cima* », dit le boulanger en la désignant respectueusement du pouce après avoir fait une génuflexion devant l'autel. Tandis que je contemplais la statue, à laquelle la robe donnait bizarrement la forme d'un cône, je fus soudain frappé par la ressemblance de la Vierge avec la Bona Dea, la pierre noire conique que les Romains rapportèrent d'Asie Mineure. Là aussi, on se trouvait devant une bonne déesse, une déesse bienfaisante, plus mère que vierge malgré sa tenue de jeune fille prude... Mais déjà l'homme nous poussait à l'extérieur.

« Et vous avez sous les yeux la plus belle vue de toute l'Espagne. » D'un geste ample de la main, il désigna le village en dessous de nous, avec ses toits allant du vert à l'ocre rouge et au pourpre dont les ondulations s'interrompaient soudain au niveau de la place de l'église ; le clocher gris de l'église, impressionnante avec ses ombres et ses lumières jouant sur les piliers et les ouvertures ; les champs bruns teintés de vert auxquels succédait l'ocre rouge de la terre retournée des vignobles, les reflets d'argent dans les oliveraies caressées par le vent ; et enfin, au loin, la silhouette des collines qui s'abaissaient peu à peu jusqu'à se confondre avec le sol jaunâtre de la Castille. Dans son geste, le boulanger gardait la main largement ouverte, comme s'il voulait saisir ces terres qu'il nous montrait. Il s'était tourné vers nous, ses joues flasques rouges d'animation. Nous devrions voir le paysage en mai, disait-il, quand le blé poussait dru dans les champs et que les collines se couvraient de fleurs. Oui, en mai, le paysage était encore plus riche, encore plus beau. Il entreprit de nous parler de la fête du village et des processions solennelles de la Vierge. Cette année, il y aurait quatre journées consacrées aux *toros*. Dans un petit bourg comme celui-ci, il était rare que se déroulent un aussi grand nombre de corridas, nous affirma-t-il. Mais à Almorox, on était riche ; on y faisait le meilleur vin de Castille. Oui, quatre jours de courses de *toros*, répéta-t-il. Tous les gens des environs viendraient aux fiestas et il y aurait un grand pèlerinage à l'Hermitage de la Vierge... En entendant parler cet homme au débit lent et au ton déférent, conscient malgré tout de la volubilité dont il faisait preuve devant des étrangers, je commençai à me faire une idée de sa vision du monde.

Il y avait d'abord sa famille, son épouse, mère de ses enfants, dont le corps reposait à côté du sien la nuit, ses vieux parents tout flétris assis au soleil devant sa porte, l'image qu'ils lui avaient laissée d'eux lorsqu'ils étaient encore comme lui pleins de sève, leurs propres parents assis au soleil tout flétris. Son métier, ensuite, la chaleur de ses fours, l'odeur du bon pain en train de cuire, le visage des voisins venus le lui acheter. Et enfin, à l'extérieur, dans le domaine obscur des choses qui demeurent à demi irréelles, celui des histoires racontées par les voyageurs, il y avait Madrid, la ville où habitait le roi, où les hommes politiques écrivaient dans les journaux – et puis aussi la *Francia* et tout ce qui n'était pas Almorox... J'avais l'impression de voir en cet homme les générations se succéder, comme les années, accrochées au labeur, à cet éternel corps à corps avec la terre. Il y avait chez ces paysans d'Almorox une étonnante douceur de vivre, loin du monde moderne et de sa fièvre du changement. Partout, des racines remontant à la nuit des temps. Car avant la Révolution, avant les Maures, avant les Romains, avant les Phéniciens, commerçants furtifs au teint sombre, ces communautés villageoises ibériques étaient à peu près les mêmes. Partout ailleurs, les choses avaient changé, on avait fondé des villes, construit des routes, des armées avaient avancé, livré bataille et disparu ; mais à Almorox les fondements de la vie étaient demeurés identiques jusqu'à ce jour. De nouveaux noms, de nouvelles langues étaient arrivés. La Vierge avait absorbé les fêtes et les rituels des anciennes déesses mères, et la profonde ferveur mystique de la dévotion. Mais il restait l'amour du village, la foi inébranlable et anarchisante en l'individu, le désir, conscient ou non, de suivre les pas des hommes des générations précédentes qui avaient cultivé la terre, aimé et profité du soleil bienfaisant sans avoir le sentiment d'une réalité extérieure à eux et aux collines arides qui délimitaient leur commune, à part le Dieu qui était la synthèse de leur âme et de leur existence.

C'est là ce qui fait la force et la faiblesse de l'Espagne. Ce puissant individualisme, issu d'une histoire qui a ses fondements dans les communautés isolées des *pueblos*, ces bourgades dont le caractère immuable n'est pas plus modifié par les événements que le champ sur lequel l'herbe pousse et meurt, est l'élément essentiel de la vie espagnole. Aucune révolution n'a été assez puissante pour les ébranler. Les unes après les autres, les invasions – les Goths, les Maures, les idées chrétiennes, les lubies et les convictions de la Renaissance – ont déferlé sur le pays, modifiant en surface les coutumes, les modes de pensée et les façons de parler, pour n'en être que mieux métamorphosées en conformité avec l'immuable esprit ibérique.

Et dans l'esprit ibérique, une notion prédomine, l'idée que *La vida es sueño* : La vie est un songe. Seul est réel l'individu, ou du moins la partie de l'existence que l'individu maîtrise. Les deux grandes figures qui incarnent à jamais l'Espagne en sont l'expression suprême : Don Quichotte et Sancho Pança. Don Quichotte, l'individualiste qui croyait au pouvoir de l'esprit sur toutes choses et qui par son désir s'appropriait le monde entier; Sancho, l'individualiste pour qui le monde entier était nourriture terrestre. D'un côté, cela donne des figures extatiques qui considèrent que l'âme a un pouvoir illimité et dans l'esprit desquelles l'univers n'est qu'un être humain face à son reflet, Dieu : les Ignace de Loyola, les Philippe II, les ascètes exaltés comme saint Jean de la Croix, les modèles originaux des portraits peints par le Greco, au visage radieux et torturé. De l'autre côté, on trouve les matérialistes jovials comme l'archiprêtre de Hita* et, à l'extrême, la figure épique de Don Juan Tenorio, avec sa sensualité frénétique et mystique. Partout, dans le tissu de l'histoire et de l'art espagnols, on discerne les fils de ces deux types complémentaires, qui peuvent varier, se combiner, se ramifier, mais n'en demeurent pas moins fondamentalement les mêmes. De cette trame et de cette

* Juan Ruiz, archiprêtre de Hita : personnage du XIVe siècle dont on ne sait pas grand-chose et qui a laissé notamment une œuvre poétique, le *Libro de Buen Amor.* (NdT).

chaîne sont faits les curieux motifs de la vie espagnole.

2

Si j'essaie de rassembler les images éparpillées que j'ai de l'Espagne, ce qui me frappe avant tout, c'est qu'il y a non pas une, mais plusieurs Espagne. En fait, chaque village caché dans les plis des collines arides ou niché dans l'ombre de son église massive au milieu d'une haute plaine, chaque *huerta* fertile du bord de mer est en soi une Espagne. Certes, il existe une Ibérie et des caractéristiques ibériques bien déterminées, mais l'Espagne en tant que nation centralisée moderne est une illusion et une illusion fâcheuse, car sans doute l'atrophie actuelle, la navrante absence de résultats que l'on constate après un siècle de révolution, vient-elle de ce que l'on a imposé artificiellement un gouvernement centralisé à un pays essentiellement centrifuge.

Il y a d'abord la question de la langue. Grosso modo, à l'heure actuelle, on parle quatre langues en Espagne : le castillan, langue de Madrid et de la région montagneuse du centre et langue officielle, parlée dans le sud sous sa forme andalouse; le gallego-portugais, parlé sur la côte ouest; le basque, qui n'est même pas d'origine latine comme les trois autres; et le catalan, une forme de provençal que l'on parle, ainsi que son dialecte le valencien, dans la partie supérieure de la côte méditerranéenne et aux Baléares. Comme on pouvait s'y attendre, le développement des communications ferroviaires et l'effort fait pour étendre l'usage du castillan ont considérablement affaibli les autres langues, mis à part le portugais et le catalan, jusqu'à les faire disparaître dans les villes de quelque importance. Mais le problème ne saurait être comparé à celui des dialectes italiens, par exemple, dans la mesure où, le basque mis à part, les langues parlées en Espagne ont une tradition littéraire bien ancrée.

Il n'y a pas que les langues qui soient diverses en Espagne, la topographie aussi est très variée. Les plateaux du centre, qui ont occupé une place prépondérante dans l'histoire moderne (par histoire, il faut entendre la naissance et l'éducation des rois et des reines et les hauts faits des généraux), ont un climat et une végétation proches, à quelque chose près, des steppes russes les moins froides. La côte occidentale rappelle par bien des points le pays de Galles, en plus chaud et plus fertile. Au sud, les *huertas* (vallées arables des fleuves) ont quelque chose d'égyptien. La côte orientale, en remontant à partir de Valence, est la continuation de la côte méditerranéenne française. On voit donc mal comment la population pourrait être homogène dans un pays où, en une heure de train, on passe des neiges de la Sibérie au désert d'Afrique.

La tendance à mettre l'accent sur les différences que l'on retrouve dans l'art et dans la pensée espagnols vient sans doute de là. Le domaine de la peinture, qui est souvent l'expression la plus concrète de l'esprit d'un peuple, nous en fournit un exemple parfait. Le Greco, que ses origines grecques et sa formation vénitienne n'ont pas empêché de devenir plus espagnol que les Espagnols de souche en se fixant à Tolède, incarne presque jusqu'à la caricature le donquichottisme. Toute son œuvre s'efforce d'exprimer la différence entre le monde charnel et le monde spirituel, entre le corps et l'esprit. Pour prendre des exemples plus récents, la caractérisation poussée à l'extrême dans les esquisses et les portraits de Goya, l'accentuation des types nationaux chez Zuloaga*,

* Ignacio Zuloaga y Zabaleta (1870-1945). Sa peinture, d'inspiration assez sombre, se rattache à celle du Greco ou de Goya. (NdT).

entre autres peintres qui ont exploité avec succès les particularités – le pittoresque – des visages et des paysages espagnols, découlent de ce sentiment de séparation.

On peut aussi parler de caricature pour désigner cette volonté permanente de différencier un individu d'un autre. De fait, l'art espagnol frôle sans cesse la caricature. La créativité bouillonnante et l'individualisme farouche de l'âme espagnole lui font franchir sans cesse la limite du grotesque. Consciemment ou non, les artistes visent moins à la beauté qu'à la libre expression. Ils donnent une image de la réalité saisissante, mais déformée. Même dans leurs œuvres les plus sérieuses, le burlesque et la satire ne sont jamais loin. L'esprit espagnol, si calme, si rationnel soit-il, a toujours tendance à donner dans l'excès, le tarabiscoté, le grotesque et le maniérisme. A vrai dire, tout ce qui, dans l'art de ce pays, est le plus remarquable, appartient au domaine de l'extravagance, où le sublime côtoie toujours l'absurde. Il n'y a en effet rien de raisonnable dans la beauté d'un roman épique comme *Don Quichotte*, d'une pièce de théâtre comme *La Vie est un Songe* de Calderón, de *La Résurrection* peinte par le Greco ou des nains de Vélasquez, d'édifices comme l'Escurial et l'Alhambra, qui tous comptent parmi les plus grands chefs-d'œuvre du monde. C'est ce caractère extrême qui fait leur force. Et vis-à-vis de notre génération, qui a tendance à confondre excès et beauté, la longue tradition artistique espagnole dispose là d'un atout supplémentaire.

Le caractère impromptu de la majorité de la production artistique de ce pays, issu de ce même bouillonnement, est un autre élément qui nous rapproche de la tradition espagnole. L'idée un tantinet ridicule qu'il faut remettre cent fois sur le métier son ouvrage trouve là ses limites. Les artistes espagnols ont toujours eu une inspiration si vivante et si riche qu'ils n'ont pas pris le temps de l'effort. Lope de Vega, avec ses deux mille et quelques pièces de théâtre – à moins que ce ne soit douze mille – n'est pas un exemple isolé. Sans doute le sens aigu de la valeur de chacun, qui fait de l'Espagne le pays européen le plus démocratique, autorise-t-il cette improvisation permanente et justifie-t-il la joyeuse absence de plan que l'on retrouve aussi bien dans son architecture que dans sa pensée politique.

Ici, nous nous trouvons face à ce trait de caractère ancestral qu'est l'orgueil espagnol. Il s'agit de quelque chose de bien réel et encore n'est-ce que la manifestation extérieure de la confiance que chacun a en lui-même et en lui seul. Une fois encore, le Greco en est le parfait exemple. Au fur et à mesure que sa peinture se faisait plus personnelle, il se détachait de la réalité tangible et, animé par la conviction dogmatique de ceux qui croient que la foi en leur propre réalité peut abattre les montagnes du monde visible, il donnait à sa spiritualité agitée, presque sensuelle, des formes qui, sous son pinceau, ressemblaient au vacillement de flammes blanches montant vers Dieu. Qui plus est, l'Espagnol considère toujours que Dieu est en essence la plus orgueilleuse sublimation de l'âme humaine. Cette inspiration, que l'on retrouve chez les prédicateurs des premiers temps de l'Eglise comme dans les œuvres de sainte Thérèse d'Avila, est en fait une façon de dissimuler un désir ardent d'exprimer à tout prix le moi, le moi éternel et immuable. D'où la cruauté qui, de temps à autre, fait irruption. Dans son ouvrage récent, *Del Sentimiento Trágico de la Vida* (*Le Sentiment tragique de la Vie*), Miguel de Unamuno exprime par la formule *el hambre de inmortalidad*, la faim d'immortalité, ce besoin désespéré d'être séparé de l'univers. On touche là au cœur de l'individualisme que recèle toute la pensée espagnole, la conviction que seule est réelle l'âme individuelle.

3

Aujourd'hui, en Espagne, on considère tout cela d'un œil sombre. Depuis l'entrée à Grenade de Ferdinand et d'Isabelle, de célèbre mémoire, l'histoire de ce pays est celle d'une tentative de concilier l'inconciliable. A la période flamboyante, l'âge d'or, celui des lingots du Pérou et des hommes de plus grande valeur encore, le mal couvait sous la surface. Par la suite, le conflit a corrodé l'énergie bouillonnante du pays, la changeant en futilité. Je veux parler ici des tentatives constantes pour imposer la centralisation dans le domaine de la pensée, de l'art, du gouvernement et de la religion à une nation dont toutes les énergies vont dans le sens contraire. Du coup, tout s'est retrouvé au point mort. Les rouages de la vie et des idées ont rouillé, de sorte qu'après un siècle de révolution, l'Espagne ne semble pas plus près de trouver une solution à ses problèmes. Aujourd'hui, alors que toutes les conditions semblent réunies pour que l'on tente de mettre un terme à cette atrophie, les Espagnols demeurent désespérément passifs face à une classe politique corrompue et inefficace. On ne voit pas ce qui pourrait sortir de l'ornière une nation où l'action du pouvoir centralisé et celle des différentes communautés s'annulent mutuellement.

Face à leurs traditions, les Espagnols se retrouvent à peu près dans la position des archéologues placés devant le problème des sculptures ibériques. Car près du sanctuaire du Cerro de los Santos, colline aride où l'on a mis au jour quantité de sculptures primitives de personnages et de divinités, vivait un petit horloger *. Les premières statues découvertes furent prises par les pieux paysans pour des effigies de saints, ce qu'elles étaient en effet, à ceci près que leur caractère sacré datait d'avant l'Eglise romaine. La découverte de ces femmes au regard fixe et solennel, la tête couverte d'une haute coiffe, et de fragments de statues d'hommes au cou de taureau, grossièrement taillés dans de la pierre grise, fit donc un certain bruit. Elles furent extraites de leur gangue de terre vieille de deux mille ans et placées religieusement

---

* Dos Passos fait ici allusion à une affaire de fausses statues ibériques, sur fond de découvertes authentiques, qui secoua la communauté archéologique dans les dernières décennies du XIXe siècle, dans la mesure où les plus hautes autorités furent induites en erreur. Le faussaire en question était Vicente Juan y Amat, dit « l'Horloger de Yecla ». (NdT).

dans des églises. C'est donc sans doute par une forme de piété respectueuse que l'horloger entama une carrière de sculpteur et de faussaire.

Quoi qu'il en soit, lorsqu'on découvrit que les saints n'étaient en fait que de simples divinités païennes et que les messieurs à lunettes venus des quatre coins d'Europe étaient prêts à payer pour les avoir, l'horloger prit une certaine importance dans son village. Il se mit à étudier l'archéologie, et le style de ses fausses divinités du Cerro de los Santos se fit plus élaboré. Pendant un certain nombre d'années, tout ce que l'Europe comptait de spécialistes se laissa berner. Mais l'horloger se laissa emporter par son imagination. Ses statues prirent des formes de plus en plus fantastiques ; les plus avisés commencèrent à y repérer des influences égyptiennes, assyriennes et art nouveau, jusqu'à ce que quelqu'un, enfin, parle à mi-voix de faux et que tous les scientifiques courent aux abris en criant que, finalement, il n'y avait jamais eu de sculpture ibérique primitive.

Le petit horloger devint fou et mourut dans un asile. Aujourd'hui, lorsqu'on se trouve dans l'une des salles du Musée archéologique national de Madrid consacrées au Cerro de los Santos, devant les statues de déesses ibériques avec leurs coiffes semblables à celles des danseuses, on ne saurait dire lesquelles datent de 1880 et sont de la main de l'horloger et lesquelles ont été sculptées et placées dans le sanctuaire de cette colline à l'époque où les premiers commerçants phéniciens, dans leurs bateaux décorés d'yeux vermillon, établissaient des comptoirs chez les barbares de la côte valencienne. Sur leurs présentoirs, les faux et les œuvres authentiques sont inextricablement mêlés et leur regard de pierre continue à contempler le mystère.

Il en va ainsi des traditions de l'Espagne : celle du catholicisme, celle de la grandeur militaire, celle de son combat contre les Maures, sa traditionnelle méfiance vis-à-vis des étrangers, sa tradition d'hospitalité, de truculence, de sobriété, son traditionnel esprit chevaleresque, la tradition de Don Quichotte et de Don Juan Tenorio.

La guerre hispano-américaine *, qui fut surtout pour les Etats-Unis l'occasion d'une démonstration patriotico-capitaliste de génie

---

* La guerre de 1898 entre l'Espagne et les Etats-Unis marqua la fin de la puissance impériale espagnole et jeta les bases de l'impérialisme américain. L'Espagne reconnut l'indépendance de Cuba, céda aux Etats-Unis Porto Rico et l'île de Guam et leur vendit les Philippines. (NdT).

sanitaire, d'héroïsme et de scandales à propos du bœuf en conserve *, eut un autre retentissement en Espagne, qui commença à douter de l'authenticité de la plupart de ses traditions. Les jeunes gens de la génération 1898, comme ils aimaient à s'appeler, rejetèrent en bloc ou partiellement, selon leur caractère, le musée des traditions qu'on leur avait présenté depuis toujours comme étant la véritable Espagne. Chacun à sa façon, ils partirent en quête d'une Espagne correspondant à leur soif de beauté, de douceur et d'humanité, ou de vigueur, de force et de modernité.

La question qui se pose aujourd'hui, face à ces Espagnols qui évoluent de manière locale et anarchique, avec la répression comme unique élément de centralisation, est de savoir s'ils vont parvenir à se donner de nouveaux modes de vie ou bien s'ils vont se laisser entraîner dans le tumulte putrescent d'une Europe dont le système agonisant consacre ses dernières forces à entraîner dans la mort tout ce qui est nouveau et porte en soi les germes de l'avenir. Les Pyrénées sont hautes.

---

* Scandales dits de l'*embalmed beef* portant sur la qualité de la viande de bœuf en conserve fournie aux troupes. (NdT).

4

C'était à Madrid, après une conférence donnée dans le cadre d'une exposition de peintres basques. Nous avions entendu Valle-Inclán, le regard brûlant sous ses gros sourcils grisonnants, dénoncer avec une ironie mordante teintée d'amertume ce qu'il nommait l'européanisation de l'Espagne. On appelait cela le progrès, expliquait-il, mais il ne s'agissait en fait que de singer le mercantilisme de l'Europe moderne. Mieux valait laisser les masses sans éducation plutôt que de leur fournir une éducation capable de transformer un paysan en pleine santé en un marchand roublard au teint pâlot ; mieux valait laisser l'Espagne endormie dans son apathie ancestrale que de la réveiller pour la précipiter dans la compétition brutale et sans âme de la vie moderne... Je marchais au côté d'un jeune étudiant en philosophie rencontré par hasard autour de la table bruyante d'une *pensión* espagnole. Nous nous faisions la réflexion que l'exposition dont nous sortions constituait plutôt un éteignoir pour le discours réactionnaire enflammé que nous venions d'entendre. A mes yeux, l'ensemble des œuvres de ces jeunes peintres basques présentait un caractère « primitif » qui se manifestait sous le pinceau de certains par une délicatesse de la touche confinant à l'affectation et chez d'autres par un manque de moyens pour exprimer leurs idées. Du coup, la plupart des tableaux étaient magnifiquement ratés. Mon ami, pour sa part, soulignait que plutôt que les douleurs de l'enfantement d'une nouvelle vision du monde, ce caractère primitif représentait simplement « la dernière afféterie d'une tradition civilisée à l'excès ».

« De tous les pays d'Europe, me dit-il, l'Espagne est le plus civilisé. Aucune influence extérieure n'est jamais venue interrompre le cours de notre civilisation. Rien, ni les Phéniciens, ni les Romains – je suppose que l'influence de l'Espagne sur Rome était au moins aussi considérable que celle de Rome sur l'Espagne ; pensez aux cinq empereurs espagnols –, ni les Goths, ni les Maures : tous n'ont été que des incidents de parcours, que l'âme ibérique, immuable, a absorbés... Même notre christianisme est beaucoup plus espagnol que chrétien, ajouta-t-il en souriant. Notre vie n'est qu'un gigantesque rituel. La religion en fait simplement partie. Tout comme les courses de taureaux, qui choquent tant les Anglais et les Américains, alors que la chasse au renard et les matchs de boxe ne sont sans doute pas moins brutaux. Et quelle tradition dans nos *fiestas de toros*! Ces cérémonies remontent aux hécatombes des héros d'Homère, au culte du taureau chez les Crétois, entre autres peuples de la Méditerranée, aux jeux du cirque à Rome. La civilisation peut-elle aller plus loin que nous l'avons fait en ritualisant ainsi la mort ? Mais notre culture est trop parfaite, trop stable. Elle étouffe la vie. »

Nous nous arrêtâmes quelque temps à l'ombre d'un limettier jauni. Mon ami s'était tu. Son habituel sourire amer aux lèvres, il contemplait un groupe de jeunes garçons aux jambes brunes couvertes de poussière qui jouait à la corrida avec des bâtons en guise d'épée et une feuille de journal pour figurer la cape écarlate du toréador.

« C'est à vous que l'avenir appartient, reprit-il soudain, à vous, les Américains, avec votre vigueur, votre vulgarité, votre inculture. La vie est redevenue la lutte primitive pour manger. Certes, le dollar est une forme compliquée de la nourriture que l'homme des cavernes devait se procurer en chassant, mais si l'on ne se bat plus de la même manière, la bagarre est tout aussi brutale qu'avant. C'est de cette brutalité purement animale que vient l'élan vital et nous en manquons totalement. Nous sommes trop fatigués pour penser. Nous avons si pleinement vécu, autrefois, que nous nous satisfaisons aujourd'hui des choses les plus simples, la chaleur du soleil, les couleurs des collines, le goût du pain, la saveur du vin. Tout le reste est simple automatisme, pur rituel.

— Que faites-vous de la grève ? », demandai-je, pensant au succès de la journée de grève générale organisée dans tout le pays pour protester contre l'apathie du gouvernement face à l'inquiétante augmentation des prix des denrées alimentaires et du fuel.

Il haussa les épaules.

« Ça, entre autres, c'est l'Espagne nouvelle. On est là dans le domaine de la prophétie plutôt que de la réalité. La vieille Espagne est encore toute-puissante. »

Un peu plus tard dans la journée, je marchais dans la rue principale de l'un de ces villages aux maisons d'adobe serrées les unes contre les autres, que l'on rencontre dans la plaine de Castille, non loin de Madrid. Dans les petites boutiques où les gens vivaient, travaillaient et vendaient leurs marchandises, on commençait à allumer les lampes. De superbes jarres de poterie sur la tête, les femmes regagnaient leur maison après être allées tirer l'eau du puits. Brusquement, je me retrouvai sur une plaza plantée d'arbres qui perdaient leurs dernières feuilles dans la lumière verdâtre du couchant. Le son cadencé d'un orgue de Barbarie remplissait l'espace, tandis que le gravier crissait sous les pas de danseurs. Il y avait là des soldats et des servantes, des apprentis aux joues rouges avec leurs petites amies, des boutiquiers respectables accompagnés de leur épouse, une mantille jetée sur leur chevelure noire lustrée. Tous dansaient parmi les troncs frêles et leurs cris de joie enfantine et leurs rires montaient dans l'air. Voici l'évangile de Sancho Pança, pensai-je, cette façon de prendre la vie comme elle vient, de jouir sans la moindre honte du plaisir de la nourriture, des couleurs, de la douceur des cheveux des femmes. Mais tandis que je gagnais la rude plaine castillane que la nuit tombante teintait de gris-vert et de violet, je me repris à penser à Don Quichotte, le chevalier à la triste figure qui essayait maladroitement de refaire le monde, pitoyablement sûr de la puissance de son propre idéal. Et l'un comme l'autre semblaient incarner l'Espagne. De fait, ils étaient à mille lieues de l'agitation du monde industriel, de son travail sans joie et de son esprit de compétition permanente. Et je me demandais à quoi cela servirait si Don Quichotte chevauchait à nouveau Rossinante et ce que dirait à son épouse le bon boulanger d'Almorox si, levant les yeux de son pétrin, les mains blanches de pâte, il voyait le chevalier errant, lancé dans une nouvelle quête, passer sur son destrier efflanqué.

IV

Conversation au bord de la route

Télémaque et Lyaeus avaient marché toute la nuit et le ciel rosissait vers l'est lorsque, à la sortie d'un village, ils se retrouvèrent sur la crête d'une colline. Des coqs chantaient derrière les murs de stuc. A leurs pieds, la route descendait entre deux rangées de peupliers étêtés auxquels le givre donnait un air spectral. Au loin, vers l'ouest encore plongé dans l'obscurité, s'étendait une surface dont le miroitement rappelait les eaux d'un lac. Quelques arbres tendaient çà et là leurs branches déchiquetées au-dessus de terres inondées. Tous deux s'arrêtèrent, le souffle court.

« C'est le Tage », dit Télémaque. Il est sorti de son lit. »

Lyaeus secoua négativement la tête.

« C'est de la brume. »

Le cœur battant, ils contemplaient d'en haut les bancs de brume inexplicablement chatoyants bordés de montagnes dentelées comme des monceaux de charbon, que l'aube se mit à faire rougeoyer sous leurs yeux. Ils baignaient dans une lumière jaune citron. Derrière eux, les murs des maisons du village avaient pris une ardente couleur de primevère que les ombres éclaboussaient de bleu cobalt. Des volutes de fumée verte s'étiraient au-dessus des maisons.

Lyaeus leva les bras et, avec un grand cri, se mit à dévaler la colline. Une petite voix chuchota à l'oreille de Télémaque qu'il devait économiser ses forces et il se contenta de le suivre à une allure beaucoup plus modeste.

Quand il eut rattrapé Lyaeus, ils cheminèrent côte à côte. Des serpentins de brume tombaient comme une pluie du limbe du soleil qui se levait derrière des collines garance. Le coup de vent glacé qui balaya soudain la plaine dans un long gémissement les éparpilla en mille formes fantastiques. Devant eux, jetant de gigantesques ombres bleues sur les labours, deux hommes chevauchaient, l'un montant un âne et l'autre un cheval. Ce dernier, un cheval gris ensellé, avançait au petit trot en balançant sa queue effilochée. Son cavalier, qui se tenait très droit sur la selle, était coiffé d'une étrange coiffe à visière. Il portait sur l'épaule une longue tige de bambou qui, dans le soleil, projetait une ombre semblable à celle d'une lance. L'autre homme était rond comme une boulette et il chevauchait sa monture avec les pieds en dehors.

Tout en fixant sur ces cavaliers silencieux un regard curieux, Télémaque et Lyaeus marchèrent un bon moment derrière eux sans les rattraper.

« *Buenos días* », lancèrent-ils finalement quand ils furent à la hauteur de la queue des deux montures.

Deux visages se tournèrent vers eux, l'un rond et rougeaud, plissé comme une tomate trop mûre, l'autre long et blême, orné d'une barbe grisonnante taillée en pointe.

« Vous êtes fort matineux, Messieurs », dit l'homme de haute taille monté sur le cheval gris. Il avait une voix profonde et sépulcrale où venait jouer une certaine douceur, comme un reflet lumineux éclaire fugitivement les eaux noires d'un fleuve.

« C'est l'inverse, dit Lyaeus. Voyez-vous, nous arrivons à pied de Madrid. »

L'homme rond comme une boulette se signa.

« Ils sont malades ! dit-il à son compagnon.

— Voilà bien la réponse de l'ignorance

lorsqu'elle se trouve face à l'inhabituel, dit le cavalier. Ces messieurs ont indubitablement leurs raisons pour agir de la sorte, sans compter qu'il n'est meilleur moment que la nuit pour les longues foulées et les pensées profondes, n'est-ce pas, Messieurs ? Dans le monde de fous où nous vivons, nous avons perdu l'habitude de veiller et cela nous manque cruellement. Si les hommes étaient plus nombreux à marcher et à penser tout au long de la nuit, nous verrions moins de maux sous le soleil.

— Pas quand la nuit est aussi froide, tout de même ! s'exclama la boulette.

— J'ai vu, par des nuits plus froides que celle-ci, des enfants dormir sous des portes cochères dans les rues de Madrid.

— Trouve-t-on beaucoup de pauvreté par ici ? », demanda Télémaque, histoire de montrer qu'il avait lui aussi une conscience sociale.

« Il y a des gens – des milliers de gens – qui ne mangent jamais à leur faim de leur premier vagissement à leur dernier soupir.

— Au moins, ils ont du vin, dit Lyaeus.

— Un petit verre le dimanche, et encore ont-ils le ventre tellement creux que la tête leur tourne tout autant que s'ils vidaient un tonneau.

— On m'a dit que lorsqu'on ne mange

pas, on éprouve des sensations très intéressantes, reprit Lyaeus, des visions d'une force inouïe.

— Pour mener une vie humble, une belle vie, il n'est besoin que d'un petit nombre de sensations », dit sur un ton gentiment réprobateur l'homme au cheval gris.

Lyaeus se rembrunit.

Le cavalier tourna alors vers Télémaque sa figure mince aux sourcils en broussaille et fixa sur lui un regard intense, d'un vert émeraude.

« Sans doute ai-je trop ressassé les injustices de ce monde – la société n'étant qu'une vaste injustice, dit-il. J'aurais dû les combattre, autrefois, car seul un homme, un individu, en est capable, dans la mesure où toute organisation ne fait que substituer une injustice à une autre. Mais aujourd'hui... aujourd'hui je suis trop vieux. Comme vous voyez, je préfère aller à la pêche.

— Ah, c'est donc une canne à pêche ! s'exclama Lyaeus. J'ai cru que c'était une lance. » Il éclata d'un grand rire.

« Si vous voyiez ces truites ! s'écria la boulette. Les truites qu'il y a dans le petit ruisseau au-dessus d'Illescas ! C'est pour elles qu'on se lève de si bonne heure.

— J'aime voir le jour se lever, dit l'homme au cheval gris.

— C'est Illescas qu'on aperçoit, là-bas ? »

Télémaque pointa le doigt en direction d'une tour gris-brun coiffée de tuiles d'ardoise bleue qui montait la garde au-dessus des toits serrés autour d'elle. Il avait discrètement jeté un coup d'œil à la carte arrachée au guide Baedeker qu'il gardait dans sa poche.

« Effectivement, Messieurs, c'est Illescas, répondit l'homme au cheval gris. Me permettrez-vous de vous offrir une tasse de café ? Pour ma part, je ne vous accompagnerai pas et je vous prie de m'en excuser, mais je ne prends jamais rien avant midi. Je vis en reclus depuis des lustres et ne mets guère le nez en dehors de chez moi. Je n'entends pas retourner dans le monde, sauf à pouvoir apporter quelque chose qui en vaille la peine. » Un petit sourire pensif flotta sur ses lèvres.

« Pour ma part, s'écria Lyaeus, j'avalerais bien cent litres de café accompagnés d'une ribambelle de tartines...

— Nous sommes en route pour Tolède, coupa Télémaque, ne voulant pas donner l'impression qu'ils ne pensaient qu'à manger.

— Vous y verrez les tableaux de Domenikos Theotokopoulos, le seul à avoir exprimé dans sa peinture l'âme castillane.

— L'homme que vous voyez là, dit Lyaeus en tapant sur l'épaule de Télémaque, est à la recherche d'une attitude.

— Oui, l'attitude castillane. »

L'homme continua à chevaucher quelque temps en silence à leurs côtés. De part et d'autre de la route, la gelée blanche s'était déjà évaporée sous l'ardeur du soleil, ne laissant ici et là qu'un trait brillant dans l'ombre d'un fossé. Dans le ciel, des alouettes lançaient leurs trilles. Deux hommes vêtus de velours brun les croisèrent, en route pour les champs, une houe sur l'épaule.

« Qui peut dire ce qui caractérise la Castille ?... Je suis moi-même de la Mancha. »

L'homme au cheval gris se mit à parler d'un ton grave tout en caressant sa barbe d'une main osseuse, d'une blancheur extrême. « Une forme de froideur, de hauteur, de distance... la concentration fiévreuse de ces hommes sur la seule flamme de leur esprit... Torquemada, Loyola, Jorge Manrique, Cortés, sainte Thérèse... La rapacité, la cruauté, la droiture... La vie comme une quête impitoyable et solitaire. »

Lyaeus intervint.

« Souvenez-vous de la délicatesse extrême avec laquelle les saints ensevelissent le comte d'Orgaz sur le tableau qui se trouve à San Tomás...

— Oui, c'est ce que j'essayais de me dire... Les générations actuelles, la mienne et celle de mon fils, s'efforcent d'enterrer avec une infinie tendresse le cadavre somptueusement vêtu de la vieille Espagne... Au risque de paraître quelque peu ridicule, Messieurs, je dois dire que nous sommes repartis, munis de la lance et du casque du chevalier errant, pour libérer les enchaînés et défendre les opprimés. »

Tout en parlant, ils étaient arrivés au village. Sur la grand-place, les cloches de l'église appelaient les fidèles à l'office du matin. La rue principale était encombrée par un troupeau de chèvres conduit par un homme maigre aux dents semblables à des crocs de chien, vêtu d'un manteau couleur tabac et coiffé d'un large chapeau de feutre noir.

« Bonjour à vous, Don Alonso, dit-il. Que la chance vous accompagne, Messieurs. » Là-dessus, il ôta son chapeau et les salua d'un geste large, tel un courtisan du roi Don Juan.

L'arôme puissant des chèvres les entoura tandis qu'ils s'installaient au soleil sous un acacia dénudé devant le café. Ils contemplèrent les arcs étroits en brique, de style mudéjar, de l'abside de l'église. Don Alonso passait la commande à l'intérieur. L'homme rondouillard avait disparu. Télémaque se releva et remua ses jambes et ses pieds engourdis. « Je suis fatigué », soupira-t-il. Il se dirigea vers le cheval gris qui était attaché à l'un des acacias, la tête basse et le genou mou.

« Je me demande comment il s'appelle. »

Il flatta la tête décharnée de l'animal. « Rossinante ? »

Le cheval remua les oreilles, redressa l'échine, tendit les jambes et retroussa les lèvres sur ses grandes dents jaunes.

« Mais oui, bien sûr, Rossinante ! »

Les flancs du cheval se soulevèrent. Il rejeta la tête en arrière et poussa un hennissement sonore, un hennissement de joie.

V

Un romancier de la révolution

1

De même que George Bernard Shaw refuse qu'on dise de lui qu'il est anglais, Pío Baroja refuse qu'on dise de lui qu'il est espagnol. Pío Baroja est basque. A contrecœur, il reconnaît avoir vu le jour à Saint-Sébastien, cet avant-poste de Cosmopolis dans la province côtière de Guipúzcoa. Là vit une race de montagnards et de pêcheurs dont on commence à connaître les traits sévères, le nez fort, les mâchoires carrées et les pommettes hautes et colorées grâce aux toiles de Zubiaurre et qui, têtus comme tous les habitants des montagnes, restent farouchement attachés à leur vieille langue non-aryenne, à leurs coutumes et à leurs chants traditionnels.

De l'époque des premières découvertes des Espagnols sur le continent américain jusqu'à celle de nos voiliers de Nouvelle-Angleterre, la côte basque a constitué l'épine dorsale du commerce espagnol. Ses trois provinces ont été les seules à conserver leurs privilèges et leurs libertés municipales quand la monarchie centralisait le pays en brandissant la Croix et allumant les bûchers, période que les historiens appellent la grande époque espagnole. Les criques abritaient des chantiers navals d'où sortaient des navires corsaires et marchands manœuvrés par des hommes longilignes aux larges épaules, au nez rouge et aux grandes mains rendues calleuses de génération en génération par le maniement des rames et des drisses, des hommes qui ne craignaient que Dieu et les esprits marins de leur étrange mythologie, des sectaires, des aventuriers n'obéissant qu'à leur propre loi.

Ce n'est qu'au XIXe siècle que les guerres carlistes et la fin de la marine à voile mirent un terme à la prospérité et à l'indépendance des provinces basques, qui rejoignirent définitivement le sein de l'Espagne. Les fabriques de papier remplacent désormais les chantiers navals et la superbe flotte qui partait chaque année pêcher à Terre-Neuve et en Islande a cédé la place aux quelques chalutiers qui harcèlent les bancs de sardines dans la baie de Biscaye. La guerre mondiale a également joué un rôle en faisant de Bilbao l'un des pôles industriels de l'Espagne et en lui rendant partiellement la prospérité qu'elle avait connue en tant que ville portuaire.

Pío Baroja a passé son enfance sur cette côte pluvieuse, entre le vert des montagnes et celui de la mer. Ses vieilles tantes le bercèrent avec des légendes des temps glorieux de la marine marchande et des histoires de capitaines de navire, de marchands d'esclaves, de naufrages. Né à la fin des années mille huit cent soixante-dix, Baroja quitta les criques brumeuses de Guipúzcoa pour aller faire sa médecine à Madrid, capitale fébrile où le gouvernement provoquait une agitation artificielle sur le plateau aride de la Nouvelle Castille. Il exerça même, sans grand enthousiasme, dans une ville proche de Valence, où lui vint sans doute son dégoût du monde méditerranéen et du génie latin. Plus tard, il s'installa dans sa province, à Cestona. Il prit pension chez une femme qui cuisait les hosties consacrées pour l'église de la paroisse. C'est à ce moment-là, explique-t-il, que le sentiment communautaire s'éveilla en lui. Mais il était trop timoré face à la douleur, trop sceptique vis-à-vis de la science pour acquérir l'assurance brutale du médecin de campagne. Il abandonna la médecine et regagna Madrid, où il devint boulanger. Dans *Juventud, egolatría* (« Jeunesse, narcissisme »), un ouvrage où il se livre avec une exquise franchise, il explique qu'il s'est occupé d'une boulangerie pendant six ans avant de se mettre à écrire. Et il le fait toujours.

La boutique se trouve entre le centre vif de Madrid, la Puerta del Sol et le Théâtre royal. La vitrine est des plus appétissantes. D'un côté, il y a des jambons et des saucisses de toutes les couleurs, du blanc au violet en passant par le rouge, certaines dodues et près d'éclater comme les Trois Grâces de Rubens, d'autres présentant l'aspect fumé et ratatiné des saints de Ribera. Au milieu trônent des plats ovales, remplis de pâtés, de tranches de mortadelle et de choses en gelée, puis viennent des rangées de pâtisseries de toute sorte, depuis les roulés à la confiture à la forme obscène jusqu'aux divins cornets fourrés d'une crème aérienne. A l'intérieur, on aperçoit un comptoir sur lequel sont posés des miches et un panier rempli de petits pains bis. Chaque fois que quelqu'un sort de la boutique, un merveilleux arôme de pain chaud et de gâteaux se répand sur le trottoir.

En affrontant le commerce sur son propre terrain, Baroja échappe donc à tout compromis avec Mammon. Tandis que son pain garde sa douce saveur, il peut mettre toute l'amertume qu'il souhaite dans ses romans.

2

La lumière froide de la lune éclaire le ciel d'un bleu intense où quelques étoiles brillent de l'éclat faible du mica. Elle baigne de sa blancheur la moitié de la rue et abandonne à l'ombre l'autre moitié, projetant sur les pavés les ombres chinoises des toits, des corniches et des cheminées. Avec leurs fenêtres aveugles, les façades des maisons semblent taillées dans de la glace. Une femme vêtue d'un châle brun est accroupie sous un porche. Elle dodeline de la tête, sans cesser pour autant de tirer de l'accordéon posé sur ses genoux des sons vifs et gais qui rompent le silence nocturne. A côté d'elle, elle a posé sur la marche une sébille. Sous le porche voisin, deux gavroches dorment, serrés l'un contre l'autre. La clarté lunaire met méchamment en relief leurs jambes maigres et sales allongées sur le trottoir glacé, et les haillons crasseux qui les couvrent à peine.

Bras dessus, bras dessous, deux hommes vêtus de pauvres habits de velours côtelé et chaussés de sandales de toile usées sortent d'un bistrot en titubant. Ils les dépassent d'une démarche incertaine avec force gestes de commisération, tandis que leurs grandes phrases généreuses d'ivrognes échauffés par le vin ricochent sur les façades dures et froides.

C'est là tout l'univers de Baroja : sinistre et ironique, celui des rues des villes où l'activité industrielle étrangle un peuple qui, lui, est tout aussi mal adapté que dans les autres pays d'Europe. Personne n'a mieux décrit que lui la ceinture des agglomérations, avec ses terrains broussailleux et ses carrés de choux sur lesquels le rebut de la civilisation installe des banlieues délabrées où toutes sortes de déchets humains essaient de ne pas crever de faim. Des zones où l'on a repoussé des hommes et des femmes qui vivent dans des conditions invraisemblables, dans des abris de fortune bricolés avec des planches pourries, des vieilles boîtes de conserve et des bouts de chaises et de tables de récupération. Des parcelles herbeuses derrière des murs croulants où, quand il fait beau, les gosses affamés vont s'amuser et exposer au soleil leurs membres maigrichons. Des bistrots minables aux carreaux cassés, par où le vent s'engouffre et vient glacer les os des hommes au ventre vide qui jouent et cherchent l'ivresse dans les rasades d'*aguardiente*. Des alignements de baraques où des peintres sans le sou se mêlent aux mendiants et aux gamins des rues pour solliciter des soldats compatissants l'aumône d'un bol de soupe chaude à l'heure de la cantine. Des portes de couvent devant lesquelles se forment d'interminables queues de malheureux en haillons qui attendent sous la morsure de la bise de la plaine castillane que les bonnes sœurs leur jettent quelques morceaux de pain qu'ils se disputeront comme des chiens. Et sur ce fond de misère évolue la foule immense des exclus, des voleurs à la tire, des cambrioleurs et des mendiants de toute sorte – mendiants riches et pauvres diables qui ont renoncé à se battre pour vivre –, des gosses perdus, des prostituées, des vendeurs à la sauvette, des étudiants sans le sou, des inventeurs qui essaient d'oublier que leur estomac crie famine en parlant à tous ceux qu'ils croisent des richesses qu'ils devraient posséder ; ceux que la lutte pour le pain quotidien a laissés sur le carreau ou qui n'ont même pas eu le privilège de faire partie des esclaves de l'ère industrielle. En dehors de la Russie, on ne retrouve aucun romancier qui ait montré un tel intérêt pour ceux que la société et les bien-pensants rejettent.

Non pas que l'intérêt pour les exclus soit chose nouvelle dans la littérature espagnole. L'Espagne est la patrie de ce type de roman que les partisans des étiquettes ont baptisé « picaresque ». Les voyous et les vagabonds de Baroja, comme ses artistes, ses rêveurs étranges et ses fanatiques, sont tous les descendants des personnages de *Don Quichotte* et des *Nouvelles exemplaires*, des gueux et des bandits du *Lazarillo de Tormes*, qui ont envahi la France et l'Angleterre via *Gil Blas* et ont joyeusement folâtré dans le roman jusqu'à ce que Mrs. Grundy* et George Eliot les renvoient en maison de correction. Mais les gueux du XVIIe siècle étaient de joyeux lurons. Ils étaient pince-sans-rire dans l'âme et leurs audaces ingénieuses étaient toujours récompensées. La société n'était pas aussi cloisonnée qu'aujourd'hui ; la pression des générations affamées se faisait beaucoup moins sentir. Ou plutôt, la pitié n'était pas venue en saper les fondations.

L'action corrosive de la pitié, qui avait attaqué les piliers de notre civilisation avant même que l'édifice ne soit terminé, a entraîné ce que Gilbert Murray, parlant de la pensée grecque, appelle un manque de

* Personnage de la pièce de Thomas Morton, *Speed the Plough*, jouée en 1798 ; son opinion fait autorité en matière de bienséance. (NdT).

courage. Au XVIIe siècle, les hommes assumaient encore leur égoïsme. Le monde était une mauvaise affaire dont il fallait tirer le meilleur parti et l'on n'avait d'autre espoir que de conclure un marché avantageux avec ceux qui montraient le chemin de la vie éternelle. A la fin du XIXe siècle, la vie éternelle avait pris un coup de vieux, la Révolution française avait fait naître des espoirs insensés sur la perfectibilité de ce monde et l'humanitarisme avait engendré une sensibilité excessive à la souffrance – la sienne propre et celle des autres. Les exclus de Baroja n'ont plus rien de commun avec les joyeux fripons qui étaient capables de tuer un homme pour quelques pièces et de poursuivre leur chemin en chantant. Ce sont des hommes qui ont renoncé à se battre pour gagner leur vie, des hommes auxquels le courage a manqué et qui mènent une vie furtive à la périphérie des villes, grappillant ici et là un menu plaisir et trompant leur faim avec de somptueux mirages.

On pense souvent à Gorki en lisant Baroja, surtout par opposition. Alors qu'on perçoit derrière chaque page de l'écrivain russe le murmure d'une source vive, celle d'une nouvelle race d'hommes en train de naître, Baroja se fait l'écho du désespoir glacé d'une vieille race, qui a tout sacrifié ou presque à un style de vie dont elle finit par s'apercevoir qu'il est dépassé.

Voici les derniers paragraphes de *Mala Hierba* (« Mauvaise Herbe »), second volume de la trilogie de Baroja sur la vie des misérables de Madrid :

« Ils parlèrent. Manuel éprouvait une sourde irritation contre le monde entier, une haine jusque-là contenue contre la société, contre les hommes...

— Honnêtement, finit-il par dire, je souhaiterais qu'il pleuve de la dynamite pendant une semaine et qu'ensuite le Père Eternel descende, sur des charbons ardents.

Furieux, il passa en revue tous les moyens possibles pour réduire en cendres cette misérable société.

Jesús l'écoutait avec attention.

— Tu es un anarchiste, dit-il.

— Moi ?

— Oui. J'en suis un aussi.

— Toi ?

— Oui.

— Depuis quand ?

— Depuis que j'ai vu quelles infamies sont commises sur cette terre ; depuis que j'ai vu avec quelle froideur on voue à la mort un morceau d'humanité ; depuis que j'ai vu mourir des hommes abandonnés dans les rues et les hôpitaux, répondit Jesús non sans une certaine solennité.

Manuel se taisait. Les deux amis parcoururent en silence la Ronda de Segovia, puis s'assirent sur un banc dans les petits jardins de la Vírgen del Puerto.

Le ciel était magnifique, constellé d'étoiles, son immense concavité bleue traversée par la Voie Lactée. La figure géométrique de la Grande Ourse scintillait très haut. Arcturus et Vega brillaient d'une lumière douce dans cet océan d'étoiles.

Au loin, les champs obscurs, éclairés ici et là, évoquaient la mer dans l'abri d'un port et les lumières semblaient l'éclairage d'un quai.

L'air moite apportait des arômes de plantes sylvestres desséchées par la chaleur.

— Que d'étoiles ! dit Manuel. Que sont-elles ?

— Ce sont des mondes, des univers sans fin.

— Je ne sais pas pourquoi, mais la beauté de ce ciel ne me console pas, Jesús. Crois-tu qu'il y a de la vie humaine dans ces mondes-là ?

— Pourquoi pas ?

— Et crois-tu qu'il y a aussi des prisons, des juges, des tripots, des policiers ?

Jesús ne répondit pas. Au bout d'un moment, il se mit à parler d'un ton calme de son rêve d'une humanité idyllique, un doux rêve pitoyable, noble et puéril.

Dans son rêve, l'homme, porté par une idée nouvelle, atteignait un état supérieur.

Fini les haines, fini les rancœurs. Plus de juges, plus de flics, plus de soldats, plus d'autorité ni de patrie. Dans les vastes champs du monde, des hommes libres travaillaient au soleil. La loi de l'amour avait remplacé la loi du devoir et, à chaque instant, l'horizon de l'humanité s'élargissait et devenait d'un azur de plus en plus pur.

Jesús continuait à parler d'un vague idéal d'amour et de justice, d'énergie et de pitié, et son discours chaotique, incohérent, était un véritable baume sur l'âme à vif de Manuel. Enfin, ils se turent l'un et l'autre, chacun plongé dans ses pensées, le regard perdu dans la nuit.

Un bonheur auguste illuminait le ciel et la sensation vague d'un espace infini, celui de ces mondes impondérables, remplissait leur âme d'un calme exquis. »

3

L'Espagne est le lieu traditionnel de l'anarchisme. Une terre en grande partie montagneuse et balayée par les vents, où l'on trouve aussi bien un climat africain moite qu'un froid sibérien, où les gens vivaient – et vivent encore – dans des villages perdus au flanc des montagnes ou nichés dans les plaines côtières accidentées, où les régions sont séparées les unes des autres par des passes et des défilés, brûlant l'été et gelant l'hiver, une terre sur laquelle le peuple ibérique s'est développé en dehors de tout noyau central. Le *pueblo*, la communauté villageoise, est la seule forme de cohésion sociale réellement ancrée dans le passé. De temps à autre, des empires se sont imposés par la force à ces bourgs libres. Au XVIe et au XVIIe siècle, la monarchie catholique mania tant et si bien l'épée de la foi qu'elle tua le sentiment communautaire et força le génie hispanique à entrer dans le domaine mystique où chaque ego se développa dans la solitude de Dieu. Le XVIIIe siècle réduisit Dieu à une abstraction, le XIXe introduisit la pitié et le fol espoir de réparer les injustices sociales. A l'instar de Don Quichotte, l'Espagnol enfourcha donc le cheval de bataille de son idéalisme et s'en alla seul libérer l'opprimé. Logiquement, tout cela aboutit à ce qu'un anarchiste jetât une bombe au Théâtre Liceo de Barcelone durant une représentation, en un geste qui se voulait le sommet de l'héroïsme et qui ne réussit qu'à faire un effroyable gâchis de vies humaines.

Mais c'était pousser jusqu'à l'absurde une attitude mentale éminemment respectable. L'anarchisme de Pío Baroja est d'une tout autre nature. Dans l'un de ses ouvrages, il explique qu'un membre de la moyenne bourgeoisie ne peut jouer qu'un rôle destructeur dans la réorganisation de la société, faute d'avoir connu la discipline requise pour construire, car on ne fait l'expérience de celle-ci que dans l'esclavage partagé au service de la machine industrielle. La nature isolée de son esclavage lui a ôté définitivement toute capacité de s'intégrer pour de bon à une communauté. De par sa formation, il possède un savoir considérable qu'il peut utiliser d'une seule manière. Il a en effet pour mission de mettre à l'épreuve les institutions et de dévoiler leur mécanisme. Je ne dis pas que Baroja écrit avec sa conscience sociale. Il est trop authentiquement romancier, trop intéressé par l'être humain pour cela. Mais il est indéniable que derrière chaque page, on le sent sensible au rôle néfaste des institutions existantes et que, très occasionnellement, il se permet d'espérer voir des jours meilleurs succéder à cette tumultueuse période de transition.

Seul un homme qui a éprouvé tout cela au plus profond de lui-même peut être aussi sensible à l'esprit nouveau – si le terme n'était aussi usé j'utiliserais le terme « religieux » – qui secoue les fondations de la pyramide sociale du monde et qui n'est peut-être qu'une autre illustration du manque de courage, à moins qu'il ne s'agisse de l'expression triomphante d'une volonté humaine nouvelle.

Dans *Aurora Rioja* (« Aurore rouge »), dernier volume de la trilogie madrilène, Baroja écrit ceci du même Manuel, sa figure centrale :

« Au début, elle* l'ennuya, mais petit à petit il fut pris par la lecture. Il s'enthousiasma d'abord pour Mirabeau, puis pour les Girondins, Vergniaud, Petion, Condorcet, puis pour Danton ; il pensa ensuite que c'était Robespierre le véritable révolutionnaire, et après cela Saint-Just, mais finalement c'est la figure immense de Danton qui le captiva le plus.

(...)

Manuel était extrêmement satisfait d'avoir lu cette histoire. Il se disait souvent :

"Peu m'importerait maintenant d'être un

* L'*Histoire de la Révolution française*, de Michelet. (NdT).

voyou, de ne pas avoir d'argent. J'ai lu *l'Histoire de la Révolution française.* Je crois que je saurais être digne..." »

Après Michelet, il lut un ouvrage sur la Révolution de 48, puis un autre de Louise Michel sur la Commune, et tout cela suscita chez lui une vive admiration pour les révolutionnaires français. Quels hommes ! Outre les figures colossales de la Convention : Babeuf, Proudhon, Blanqui, Baudin, Delescluze, Rochefort, Félix Pyat, Vallès... Quelles gens ! »

« Qu'importe désormais si je suis un voyou, un bon à rien ? Je crois que je saurai être digne... »

Ces deux phrases expriment tout le pouvoir de la foi en la révolution. On croirait presque des formules tirées des Evangiles, qui reflétaient l'espoir et la misère d'une autre société en pleine décomposition. C'est cet esprit qui, pour le meilleur ou pour le pire, s'éveille aujourd'hui dans toute l'Europe, chez les pauvres, les affamés, les exclus et les opprimés et vient réaffirmer les droits et les devoirs de l'homme. Baroja l'a senti très profondément. Il s'en est fait l'interprète, mais sans abandonner son rôle de romancier, qui consiste à raconter des histoires sur les gens. Jamais il ne se comporte en propagandiste.

4

« Je n'ai jamais fait mystère de mon admiration pour certains écrivains. Il y a eu et il y a toujours Dickens, Balzac, Poe, Dostoïevski et maintenant Stendhal... » écrit Baroja dans son avant-propos de *La Dama Errante* (« La Dame errante »). Il suit surtout les traces de Balzac, dans la mesure où il est avant tout un historien des mœurs et où il s'est vraiment efforcé de restituer le monde dans lequel il vivait. Avec Dostoïevski, il partage une haine profonde de la cruauté et de la bêtise, présente dans toute son œuvre. Quant aux trois autres, je n'en ai jamais trouvé chez lui la moindre influence. Certes, certains textes du début rappellent Edgar Poe, mais la forme qu'il adopte se situe beaucoup plus dans la tradition purement chaotique du roman picaresque que dans celle du théoricien américain.

L'œuvre la plus importante de Baroja consiste en quatre suites romanesques, dans lesquelles il décrit la vie qu'il a menée à Madrid, dans les petites villes de province où il a exercé la médecine et au Pays basque de son enfance. Un roman semi-autobiographique, *El Arbol de la Ciencia* (« L'Arbre de la Connaissance »), en jette les bases. Il raconte la vie et la mort d'un médecin et décrit la vie à Madrid, puis dans deux villes de province. Sa description extrêmement vivante de l'inertie et de l'anéantissement de tout effort intellectuel qu'elle entraîne eut un grand retentissement en Espagne. Deux romans sur le mouvement anarchiste suivirent. *La Dama Errante* dépeint l'état d'esprit d'Espagnols tournés vers l'avenir à l'époque du célèbre attentat contre le roi et la reine d'Espagne le jour de leur mariage*. La *Ciudad de la Niebla* (« La Ville du Brouillard ») décrit la vie de la colonie espagnole à Londres. Vint ensuite *La Busca* (« La Quête »), qui est à mes yeux l'œuvre la plus réussie de Baroja et l'une des plus importantes publiées en Europe au cours de la dernière décennie. Baroja nous y transporte dans les bas-fonds de Madrid sur un ton incisif que Maupassant lui aurait envié, et avec un talent pour rendre vivants les personnages dont je doute que Maupassant eût fait montre. Les trois romans, *La Busca, Mala Hierba* et *Aurora Roja,* suivent un jeune Espagnol sans instruction,

---

* Il s'agit de l'attentat anarchiste contre Alphonse XIII et sa femme en 1913. (NdT).

fils d'une bonne à tout faire dans une pension de famille, dans son évolution à travers différentes strates du monde madrilène. Rares sont les œuvres où l'auteur est parvenu à restituer aussi bien la réalité sans artifice que dans ces textes, qui, outre leurs qualités romanesques, peuvent être considérés comme une formidable leçon d'histoire naturelle. Le type du *golfo** est une découverte littéraire comparable à celle du Sancho Pança de Cervantès.

Les œuvres ultérieures de Baroja ne réussissent pas à atteindre le même niveau. Dans la série *El Pasado* (Le Passé), il présente quelques scènes intéressantes de la vie provinciale. *Las Inquietudes de Shanti Andia* (« Les Inquiétudes de Shanti Andia »), une histoire de pêcheurs basques où l'on trouve la description charmante d'une enfance dans un village côtier de Guipúzcoa, est certes très agréable à lire, mais on peut lui reprocher sa propension au verbiage romantique. *El Mundo es Así* (« Le Monde est comme ça ») se fait l'écho de manière assez plate, me semble-t-il, des méditations d'un révolutionnaire désenchanté. La dernière série, *Memorias de un Hombre de Acción* (« Mémoires d'un homme d'action »), où

* *Golfo* : une sorte de voyou. (NdT).

Baroja raconte de longues histoires sur la période révolutionnaire espagnole, au début du XIXe siècle, est d'une lecture divertissante, mais il s'agit surtout d'une tentative pour fuir dans un passé romantique et gai la réalité d'un présent morose. *Cesar o Nada* (« César ou Rien ») n'a pas non plus la même acidité ni la même efficacité que ses romans précédents. C'est sans doute pour cette raison qu'il a été traduit en anglais, sous le titre *Aut Caesar, aut Nullus* : nous savons combien nos éditeurs tiennent à fournir aux fragiles estomacs américains une nourriture facile à digérer.

Il serait absurde de juger un romancier espagnol sur le seul critère de la forme. L'improvisation est l'essence même de la littérature de ce pays. Quand on se remémore les romans de Baroja, c'est surtout les descriptions de lieux et de personnages qui reviennent en mémoire. Finalement, il s'agit plus d'histoire naturelle que de création romanesque. Mais une histoire naturelle qui décrit avec une plume trempée dans le vitriol la vie en Espagne à la fin du XIXe et au début du XXe siècle, comme c'est le cas ici, atteint à un très haut niveau de création. Si nous pouvions inoculer le virus de ce sens aigu de la réalité aux écrivains américains, nous pourrions laisser de côté toutes les conquêtes stylistiques dépassées que nous ont laissées en héritage Edgar Poe et O. Henry. Dans le passage suivant, extrait lui aussi de l'avant-propos de *La Dama Errante*, Baroja définit lui-même ses intentions. Et l'on peut dire qu'il est parvenu à les réaliser.

« Un ouvrage comme *La Dame errante* n'est certainement pas du genre à avoir une longue vie ; ce n'est pas une peinture qui aspire à entrer au musée, mais une toile impressionniste ; en tant qu'œuvre, il présente sans doute trop d'aspérités, il est trop dur, pas assez serein.

Ce caractère éphémère de mon œuvre ne me dérange pas. Nous sommes des hommes du moment, des amoureux de l'instant qui passe, de tout ce qui est fugitif et transitoire et nous nous préoccupons si peu de la pérennité de notre œuvre qu'il serait plus simple de dire que nous ne nous en préoccupons pas du tout. »

VI

Conversation au bord de la route

« En Espagne, dit Don Alonso en quittant Illescas avec Télémaque, tandis que Lyaeus et l'homme rondelet suivaient à quelque distance, nous n'avons jamais vraiment fait table rase. Nous avons vu arriver sur les routes de montagne les Romains, les Visigoths, les Maures et les Français avec toute leur artillerie. La conquête a faussé l'esprit des Espagnols, elle l'a stérilisé sans en changer un seul atome. Un exemple : nous avons manqué la Révolution, mais dû subir Napoléon. La Réforme nous est pratiquement inconnue et pourtant c'est chez nous que l'Inquisition s'est le plus déchaînée.

— Vous pensez qu'il faudrait faire table rase ? demanda Télémaque.

— Lui, il le pense. » Don Alonso pointa le doigt en direction d'un homme trapu en train de travailler dans le champ qui bordait la route. Vêtu d'une blouse de paysan, il brisait avec une houe triangulaire les mottes de terre laissées par la charrue. Parfois, il se bornait à lever le lourd outil quelques dizaines de centimètres au-dessus du sol avant de l'abattre, parfois le mouvement partait de l'épaule. Son visage, ses vêtements, ses mains et son outil, tout était brun, comme le sol de la colline sur lequel son ombre violette dégingandée imitait ses gestes pesants. Les coups de la houe rendaient un son mat dans le silence du matin.

« Et c'est lui qui va construire, poursuivit Don Alonso. C'est normal que nous dégagions la route.

— Mais c'est vous les intellectuels », dit Télémaque. Les maximes de sa mère Pénélope sur le thème de la critique constructive lui revinrent en tête avec la soudaineté de tickets sortant d'une caisse enregistreuse.

« La pensée est l'acide qui détruit », répondit Don Alonso.

Télémaque se tourna de nouveau vers le paysan pour l'observer. La houe s'abattait avec régularité sur les mottes. Le soleil s'y refléta à plusieurs reprises. Télémaque eut brusquement la vision de la terre entière, des labours remplis d'hommes couleur de terre qui rejetaient les épaules en arrière, puis se penchaient en avant, tandis que les muscles de leurs bras se gonflaient en alternance, les houes levées qui, ensemble, étincelaient dans le soleil et, ensemble, pénétraient la motte avec un son mat. Et il se sentit rassuré comme le voyageur qui, en mer, entend le ronronnement régulier des machines bien huilées.

VII

Cordoue, qui n'est plus la Cordoue des califes

Quand nous sortîmes de la librairie, la poussière déplacée par de nombreuses voitures à cheval montait telle une vapeur de la rue étroite. Le mouvement rapide des roues contrastait avec l'immobilité des hommes et des femmes qui se tenaient très droits, revêtus d'habits aux couleurs criardes. A l'arrière des voitures, traînaient les longs triangles des châles, rouges, jaunes et violets.

« Du pain et des jeux », murmura mon compagnon, « mais pas assez de pain ».

C'était jour de foire à Cordoue. Les voitures revenaient des courses de *toros.* Nous tournâmes dans une ruelle de terre battue jaune, bordée de hauts murs vert et bleu lavande. De la rue d'où nous venions nous parvinrent des vivats et des claquements de mains. Mon ami s'arrêta net et posa sa main sur mon bras.

« Voilà Belmonte qui passe, dit-il. La moitié des gens qui l'acclament n'ont jamais mangé à leur faim. Dans la Rome antique, on était plus malin. On remplissait les ventres pour avoir la paix. Ces abrutis... » Je pensai aux châles, aux grands peignes, aux chevelures noires luisant sous la dentelle, aux jeunes hommes à la taille de guêpe et aux regards insolents au-dessus du mouvement rapide des roues des voitures. « ...Ces abrutis n'offrent que les jeux. Est-ce que vous, les gens de l'extérieur, vous vous rendez compte que depuis des générations nous mourons de faim en Andalousie, que c'est pour donner une image pittoresque de l'Espagne que ces taureaux noirs ont le droit de paître de bonnes terres à blé ? La seule fois où l'on voit de la viande, c'est dans les arènes. Quand je pense à tous ces gens qui s'interrogent sur les causes du retard de l'Espagne... Ils écrivent des bouquins entiers sur la question, mais la réponse tient en un mot : malnutrition. » Il éclata d'un rire désespéré et se remit à marcher d'un pas rapide. « Nous avons résolu le problème du coût de la vie. Nous vivons d'air, de poussière et d'odeurs nauséabondes. »

Quelques minutes plus tôt, j'avais poussé

la porte de sa librairie pour demander mon chemin et il m'avait entraîné dans son arrière-boutique avec le formidable enthousiasme et la courtoisie propres à la majorité des Espagnols. Là, parlant tous à la fois, le libraire, son coursier et un charpentier avaient entrepris de m'expliquer la dernière grève paysanne, qui s'était déclenchée alors que la loi martiale s'appliquait depuis plusieurs mois à la région et leur avait valu de passer quelques semaines dans une prison surpeuplée, comme tous les sympathisants socialistes ou républicains. Ils regrettaient de ne pouvoir me conduire à la *Casa del Pueblo,* car, précisèrent-ils en riant, la *Guardia Civil* l'occupait en ce moment. Finalement, le libraire décida de venir avec moi jusque chez Azorín pour me montrer la route.

Azorín était un architecte qui avait soutenu les grévistes. Il venait juste d'être libéré du village obscur où on l'avait emprisonné, le gouverneur militaire lui ayant fait l'honneur de penser que même derrière les barreaux, il représenterait un danger s'il restait à Cordoue. Peu de temps auparavant, il avait été élu conseiller municipal et quand nous arrivâmes à son cabinet, il était en train de dessiner les plans d'une école. Dans l'escalier, le libraire m'avait chuchoté à l'oreille que tous les travailleurs de Cordoue étaient prêts à donner leur vie pour Azorín. L'architecte était un petit homme au teint olivâtre, qui parlait sur un ton légèrement sarcastique et arborait un air amusé, comme s'il allait éclater de rire à tout moment. Il laissa ses plans de côté pour nous accompagner auprès du rédacteur en chef d'*Andalucía*, un hebdomadaire régionaliste proche des travailleurs.

Dans ce petit bureau sombre à l'odeur prenante d'encre et de papier neuf, devant trois tasses de café apparues comme par miracle, nous évoquâmes le passé et l'avenir de Cordoue et de cette vaste région du nord de l'Andalousie constituée de fertiles plaines irriguées et d'oliveraies qui s'étendaient jusqu'aux montagnes rocheuses arides où se trouvent les mines. Et pour la première fois, grâce aux phrases sèches d'Azorín et aux longues phrases imagées du libraire, je pus me représenter avec netteté la vie dans la servitude et dans la crasse de ces paysans, de ces mineurs et de ces artisans, et aussi l'espoir héroïque qui les animait. De temps à autre, le typographe du journal, un gamin d'une quinzaine d'années à la figure barbouillée d'encre brune, passait la tête par la porte en criant : « C'est vrai, ce qu'ils disent, mais y a beaucoup, beaucoup plus à dire. »

En Espagne, le problème du Sud est essentiellement agraire. Du Tage à la Méditerranée s'étend une région montagneuse peu arrosée, traversée de vallées fluviales qui, une fois irriguées, produisent en abondance du riz, des oranges et, en altitude, du blé. Dans les collines sèches poussent le raisin, les olives et les amandes. Grosso modo, la région rappelle la Californie du Sud. Sous l'occupation arabe, elle était la plus riche et la plus civilisée d'Europe.

Lorsque les nobles chrétiens du nord la reconquirent, l'Eglise mit la main sur les villes et anéantit l'industrie par le biais de l'Inquisition, tandis que les terres étaient partagées en grands domaines et attribuées aux puissants de la cour des Rois catholiques. Les paysans devinrent quasiment des serfs et, peu à peu, le système communal d'exploitation des terres disparut. Aujourd'hui, la province de Jaén, qui est au moins aussi vaste que l'Etat de Rhode Island, appartient virtuellement à une demi-douzaine de familles. Le fait qu'au cours du XVIe et du XVIIe siècle, les Espagnols les plus entreprenants s'embarquèrent pour aller découvrir et mettre à sac le Nouveau Monde ou entrèrent dans les ordres, facilita le processus et la culture du sol fut laissée aux plus humbles et aux moins vigoureux. Et l'immigration vers l'Amérique a continué à jouer le rôle de soupape de sécurité dans le maintien de l'ordre social.

Proportionnellement, il y a peu de temps que les travailleurs de la terre ont pris conscience qu'ils pouvaient influer sur leur condition. Ici, comme partout ailleurs, la révolution russe a servi de guide. Depuis 1918, une grande tension habite l'existence frugale de ces paysans aux mains noueuses qui ont tous conservé, durant des siècles d'oppression et de famine, et malgré un analphabétisme presque total, un sens étonnamment aigu de l'indépendance. Dans les arrière-salles des tavernes, des gamins qui n'ont pas fréquenté l'école plus de deux ou trois ans essaient de lire des tracts révolutionnaires à des assemblées d'hommes qui écoutent ou répètent après eux chaque mot avec une ferveur quasi religieuse. Ils croient dur comme fer à ce qu'ils appellent *la nueva ley* (la nouvelle loi) selon laquelle ce que chacun récolte à la sueur de son front sera sa propriété et non celle d'un lointain señor de Madrid.

C'est cet espoir qui fait toute la différence entre l'agitation paysanne actuelle et les révoltes violentes et désespérées qui ont secoué autrefois le monde rural. Dès octobre 1918, une conférence paysanne s'est réunie pour mettre au point les méthodes de la grève et, beaucoup plus important, pour exiger l'expropriation des terres. En l'espace de deux mois, les syndicats (« *sociedades de resistencia* ») se sont unifiés – du moins dans la province de Cordoue – sous une direction plus ou moins centralisée. La grève qui a suivi a connu un tel succès que même un certain nombre de domestiques y ont participé. La répression a été féroce. L'armée a occupé toute la province. La grève s'est terminée sur des compromis qui ont considérablement amélioré les conditions de travail, mais laissé de côté les points les plus importants.

Avec la hausse du coût de la vie et l'effervescence croissante, la situation est redevenue explosive durant l'été 1919. Le gouvernement a fait à nouveau usage de la force, avec une brutalité accrue. Les tentatives pour aboutir à un compromis en proposant la parcellisation de terres non cultivées n'ont pas mieux réussi à calmer le jeu que les Mausers de la *Guardia Civil.* Les paysans sont restés unis et n'ont pas cédé d'un pouce sur leurs exigences. Ils sont prêts à attendre, mais ils sont déterminés à obtenir que la terre sur laquelle ils s'échinent depuis des générations leur appartienne.

Pendant ce temps, les propriétaires terriens brandissent l'épouvantail de la famine.

Déjà, des milliers d'acres de terre fertile restent en friche ou servent de pâturage aux troupeaux de taureaux sauvages destinés aux arènes. Les grandes familles de propriétaires possèdent des terres sur tout le territoire espagnol. Si les travailleurs des champs deviennent trop exigeants quelque part, ils décident de laisser le sol en jachère pendant un ou deux ans. Dans les villages, désormais, les paysans ont le choix entre la famine et l'émigration. Or, pour émigrer, il faut des papiers et pour obtenir ces papiers, il faut se concilier les bonnes grâces d'un certain nombre de fonctionnaires. Tout cela coûte de l'argent. Les hommes qui se lancent sur les routes pour trouver du travail sont persécutés par la *Guardia Civil*, qui les considère comme des vagabonds. Le feu devient la dernière arme du désespoir. La nuit, de mystérieux incendies ravagent les récoltes sur pied ou la maison de campagne d'un propriétaire absent, tandis que, du haut des collines desséchées où poussent des amandiers noueux, des groupes d'hommes à demi morts de faim observent les flammes avec une joie amère.

Pendant ce temps, la presse madrilène déplore l'*incultura* des paysans andalous. Le problème de la civilisation, après tout, est souvent affaire de calories alimentaires.

Fernando de los Ríos, député socialiste de Grenade, a publié récemment les résultats d'une enquête sur la nourriture des populations agricoles espagnoles, d'où il ressort que dans toute l'Europe, seul le paysan des Balkans est aussi sous-alimenté. La ration calorique journalière du travailleur cordouan moyen représente à peu près le quart de celle de son confrère britannique. Et pourtant les contremaîtres des grandes exploitations gémissent qu'avec toute cette agitation sociale, leurs ouvriers ont pris l'habitude de manger plus qu'au bon vieux temps.

Personne ne peut dire quand va se produire l'explosion finale. Le printemps 1920, qui avait pourtant suscité de grands espoirs, a été plus que calme. Par ailleurs, jamais l'Andalousie n'avait autant voté que lors des dernières élections municipales, au cours desquelles six cents conseillers socialistes ont été élus dans toute l'Espagne – contre soixante-deux en 1915. Jusque-là, la plupart des paysans n'osaient pas voter et ceux qui le faisaient étaient aux ordres des *caciques* qui contrôlent la politique locale. Il n'empêche que malgré la propagande socialiste et syndicaliste, la question agraire demeure un problème à part dans l'esprit des paysans. Cela ne veut pas dire pour autant qu'ils sont anticommunistes ou qu'ils s'accrochent à la notion de propriété privée avec la même force que les autres paysans d'Europe.

Dans tous les villages d'Espagne persistent des traces des anciennes institutions communistes de mise en commun des troupeaux, des moulins, des boulangeries, voire de la terre. Partout, comme dans toutes les régions arides où l'irrigation joue un rôle essentiel, c'est la communauté qui creuse et entretient les fossés d'irrigation. Là où ne tombe pas la pluie, la notion de propriété privée n'a guère de raison d'être. Que peut faire en effet un homme d'une terre s'il n'a pas d'eau ? Il n'en reste pas moins que tant que paysans et ouvriers n'auront pas plus d'intérêts en commun, le combat pour la terre et la lutte pour la maîtrise de l'industrie se poursuivront sur des voies parallèles au lieu de faire cause commune, en Espagne comme ailleurs. Une chose est certaine, toutefois. Quel que soit le temps nécessaire au feu qui couve pour dévorer dans un même incendie le capitalisme et le féodalisme espagnols, Cordoue, la vénérable cité des califes dont les ruelles ocre sont encore hantées par les fantômes de sa grandeur passée sera le moment venu au cœur de l'organisation de la révolution agraire. En quittant l'Espagne, j'ai voyagé avec des jeunes gens qui étaient sur le point d'émigrer en Amérique. Pour faire fortune, disaient-ils. Quand je leur ai dit que j'étais allé à Cordoue, ils ont pris soudain une expression admirative.

« Ah, Cordoue ! s'est écrié l'un d'entre eux. Là-bas, ils en ont ! »

VIII

Conversation au bord de la route

Au premier carrefour après Illescas, Don Alonso et le rondouillard quittèrent la route pour se diriger vers la rivière à truites. Don Alonso agita solennellement la main vers Télémaque et Lyaeus.

« Nous nous reverrons peut-être à Tolède, dit-il.

— J'espère que vous pêcherez quantité de poissons ! lança Lyaeus.

— Et peut-être bien aussi une idée. »

Sur ces mots, Don Alonso disparut.

Le soleil, déjà haut dans le ciel, leur tapait sur la tête et les épaules. Ils avaient du sable dans leurs chaussures, une vive douleur leur déchirait de temps à autre les talons et leur estomac criait famine.

« Au prochain village, Tél, je ne sais pas ce

que tu as l'intention de faire, mais moi, je me couche, gémit Lyaeus.

— Je crois que je vais t'imiter.

— *Buenos días, señores viajeros* », lança à ce moment une voix enjouée. Ils s'aperçurent alors qu'ils avaient été rejoints par un homme portant une redingote bleu pâle, un chapeau de feutre crème sous lequel dépassaient de longues moustaches noires en vrille et des chaussures à empeigne jaune citron. Ils lui rendirent son salut d'une voix aussi enjouée que le leur permettait leur état de fatigue.

« Ah, Tolède ! dit l'homme. Vous allez à Tolède, ma ville natale ! C'est là que j'ai vu le jour, à l'ombre de la cathédrale, là que je mourrai. Je suis voyageur de commerce. » Il sortit deux cartes de visite aussi grandes que des cartes postales sur lesquelles était inscrit :

ANTONIO SILVA Y YEPES
AGENT MONDIAL
IMPORT EXPORT PRODUITS NATIONAUX

« A votre service, Messieurs », reprit-il en leur tendant à chacun une carte. « Je fais commerce de ferblanterie, de ferronnerie, de poterie, de tuyaux de plomb, de vaisselle émaillée, d'ustensiles de cuisine, d'articles de toilette américains, de parfums français, de coutellerie, de linge, de machines à coudre, de selles, de brides, de graines, de volaille d'ornement, de coqs de combat et d'objets *de vertu** ... Vous êtes étrangers, n'est-ce pas? Ciel, que l'Espagne est barbare! Quel peuple, quelle saleté, quelle absence de culture, quelle impolitesse, quel manque d'énergie! »

L'agent mondial manqua s'étouffer, toussa, cracha, tira de sa poche un mouchoir de soie écarlate et s'essuya les yeux et la bouche. Il tortilla sa moustache, puis se lança dans une nouvelle diatribe. De temps à autre, il tournait vers Télémaque ses petits yeux bordés de rouge dont l'expression évoquait irrésistiblement le regard humide d'un chien quêtant une caresse de son maître.

« Il y a des fois, Messieurs, où je ne le supporte plus, voyez-vous, et où je me dis que c'est une chance que je n'en aie plus pour longtemps, avec mes pauvres poumons... Aux Etats-Unis, pas de doute, j'aurais été un Rockfeller, un Carnegie, un Morgan. Car j'ai du génie. Oui, du génie, je n'hésite pas à le dire... Et regardez-moi! Je suis obligé d'aller à pied de l'un de ces trous perdus à l'autre parce que je n'ai pas de quoi me payer un fiacre... Alors que je suis en train de mourir

* En français dans le texte. (NdT).

de tuberculose. Si ce n'est pas malheureux de voir ce que l'Espagne fait de ses grands hommes ! Que devez-vous penser de nous, vous qui venez de pays civilisés, où la vie est organisée, où le commerce se fait entre gens courtois, où c'est même un métier noble...

— Mais vous savourez mieux la vie...

— *¡ Ca, ca !...*, coupa l'agent mondial avec un geste de dénégation. Quand je pense qu'on désigne par le même terme la vie qu'on mène ici dans ces gourbis et celle qu'on mène à Paris, Londres, New York, Trouville ou Biarritz... Draps de satin, belles toilettes, jolies coiffures, soirées au théâtre, automobiles somptueuses, femmes élégantes aux diamants étincelants... Un univers de lumière et de rêve ! Or, l'Espagne pourrait être le pays le plus riche d'Europe, pour peu que nous soyons énergiques, organisés, cultivés ! Rendez-vous compte de ce que nous exporterions : le fer, le charbon, le cuivre, l'argent, les oranges, les peausseries, les mules, les olives, les denrées alimentaires, les lainages, les cotonnades, la canne à sucre, le coton..., les distiques, les danseurs, les gitanes... »

L'agent mondial était hors d'haleine. Il toussa un long moment dans son mouchoir écarlate puis, contemplant les ondulations brunes des collines auxquelles le blé en herbe donnait une teinte verte semblable à la patine d'un vase de bronze de Pompéi, il eut un haussement d'épaules.

— *¡Qué vida !* »

Depuis un moment, ils apercevaient un clocher qui se dressait au bout de la route ; maintenant, des toits de tuile jaune apparaissaient au-dessus des champs de blé, rassemblés sous la protection de l'église et de ses contre-boutants arqués comme les pattes d'un bouledogue. Ce spectacle revigora un peu Télémaque, que ses jambes avaient de plus en plus de mal à porter. Il remarqua, non sans envie, que Lyaeus avançait d'un pas bondissant.

« Si nous exploitions correctement nos denrées exportables, nous serions le peuple le plus riche de toute l'Europe », poursuivit l'agent mondial d'une voix tonitruante en ponctuant son discours de gestes accablés.

Quand ils le quittèrent devant la cour jonchée de fumier et envahie de poulets caquetants de la Posada de la Luna, ses derniers mots furent : « *¡Qué pueblo indecente!* Quel bled pourri... et pourtant, s'ils exploitaient leurs denrées exportables avec énergie, l'énergie moderne... »

IX

Un Midas à l'envers

Il ne fait aucun doute que chaque époque a eu son lot de beaux esprits dont les doigts d'or changeaient tout ce qu'ils touchaient en banalité. Pour parler de la littérature que nous connaissons le mieux, la nôtre, il semble que ces Midas à l'envers y soient déraisonnablement nombreux – mais le fait que les classes moyennes aient presque exclusivement fourni à toute la littérature anglo-américaine du siècle dernier ses auteurs, ses lecteurs et ses thèmes doit bien y être pour quelque chose. Pourtant Rome a eu son Marc-Aurèle et il ne fait aucun doute que les parois des pyramides auraient été encombrées de platitudes s'il avait été aussi facile de graver la pierre sous le règne de Chéops que d'imprimer des caractères sur du papier aujourd'hui. En s'ajoutant à la machine à imprimer, la machine à écrire est venue donner un élan catastrophique à l'extension de la pensée hâtive. Dans la mesure où il n'est plus nécessaire de se donner le mal de graver la pierre, de cuire des tablettes, ou même de tracer des lettres sur le papier, rien ne vient désormais contenir la redoutable facilité d'expression du Midas à l'envers. Celui-ci est maintenant bien calé dans un bon fauteuil, un verre de thé glacé à la main et il dicte son texte à un petit bataillon de sténodactylos, majoritairement blondes. Pour un génie universel entreprenant, la rédaction simultanée de trois romans, de deux récits de voyages et d'un recueil de nouvelles est un exercice facile. Pauvre Jules César, avec ses lettres !

Nous regrettons amèrement que notre époque manque de surhommes, que nous ne puissions avoir la vie intense ou la force de travail d'un Pic de la Mirandole, d'un Erasme ou d'un Politien, que l'anémie physique et mentale nous guette.

Je ne suis pas de cet avis. C'est compter sans la machine à écrire. Notre époque aussi a ses grands génies universels. Ils envahissent les sept continents et leurs mers respectives. Accompagnés par une bande de sténodactylos, tel Dionysos par ses bacchantes, et par la musique des machines à écrire déchaînées, ils parcourent le monde, attrapant tous les papillons, ôtant la pruine de toutes les prunes, creusant des tunnels dans les montagnes, abolissant la distance d'un continent à l'autre, polissant les idées jusqu'à ce qu'elles soient des pilules faciles à avaler. Avec notre suffisance d'Anglo-Saxons, nous avons cru que notre M. Wells était le plus universel des génies universels. Il a si diligemment apporté sur le bureau de l'homme ordinaire la science, l'éthique, la sexualité, le mariage, la théologie, Dieu et tout le reste – parfaitement désodorisés, bien entendu – qu'il peut se renverser dans son fauteuil pivotant et entendre le murmure du progrès en marche et de la complexité de l'existence sans même avoir à regarder par la fenêtre les moineaux perchés en rangs sur les fils téléphoniques, de sorte qu'on aurait eu du mal à imaginer que quelqu'un fût plus universel. On a dit que c'était là la preuve suprême de la suprématie anglo-saxonne. De quelle autre origine pouvait être un grand génie universel ?

Mais c'était avant que l'on ne découvre Blasco Ibáñez.

Sur la quatrième de couverture de certains livres de Blasco Ibáñez publiés à Valence par Casa Prometeo, on peut lire cet avertissement éloquent : *Obras de Vulgarización Popular,* c'est-à-dire : « Œuvres de vulgarisation populaire. » Suit une liste impressionnante de titres : traductions, éditions critiques, adaptations, et bien sûr œuvres originales, sortis de la plume – ou plutôt de la machine à écrire – infatigable d'un seul homme. Une histoire universelle en dix volumes, la traduction de trois volumes de l'*Histoire de la Révolution française* de Michelet, une géographie mondiale, une histoire sociale, des ouvrages sur la science, la cuisine et le nettoyage de la maison, sa propre histoire en neuf volumes de la guerre en Europe, une traduction des *Mille et Une Nuits* – dont pas une heure ne manque. « Œuvres de vulgarisation populaire » : je veux bien qu'en espagnol le terme *vulgarización* ne soit pas encore à prendre au sens propre, mais cela ne saurait sans doute tarder. Si l'on ajoute à cette liste deux bonnes douzaines de romans et quelques récits de voyage, qui osera dénier à Blasco Ibáñez le titre de grand génie universel ? Lisez ses romans et vous verrez qu'il a contemplé la voûte céleste et qu'il n'ignore rien de la théorie des tourbillons de Lord Kelvin, ni de l'hypothèse nébulaire, ni de la direction des courants océaniques et de celle que prennent les morues dans les eaux islandaises lorsque souffle le vent du nord, ni des qualités du varech ; qu'il sait tout sur l'architecture gothique et la peinture byzantine, les mouvements sociaux à Jerez et les exportations de la Patagonie, le papier peint des appartements parisiens et la pâte rouge avec laquelle les comtesses se polissent les ongles à Monte-Carlo.

Bref, le parfait modèle du général de division moderne.

Sans compter qu'à l'instar des grands génies universels de la Renaissance, sa vie a été à l'image de ses écrits et de sa pensée. Il a été, dit-on, emprisonné une trentaine de fois et élu six fois député ; il a été cow-boy dans la pampa argentine ; il a fondé une ville en Patagonie, avec une arène et une statue de Cervantès au beau milieu ; il a doublé le cap Horn sur un voilier en pleine tempête ; et l'on murmure qu'il mange les langoustes avec la carapace, comme Victor Hugo. Cet homme est à tu et à toi avec l'univers.

Il faut tout de même reconnaître que l'univers de Blasco Ibáñez a une autre envergure que celui de M. Wells. On a en effet la fâcheuse impression que le centre du monde de M. Wells se situe quelque part dans les faubourgs de Londres, disons à Putney, où chaque maison possède son jardinet où se traîne un petit chien asthmatique, où les gens boivent un thé insipide noyé de lait devant une cheminée à gaz, où chaque bibliothèque s'efforce vainement de faire entrer l'infini sur ses rayons à travers les pages d'une encyclopédie, où la vie est une suite monotone d'allers et retours maison-travail, chacun engoncé dans des habits qui doivent avant tout donner une allure respectable. Qui peut dire en revanche où se situe le centre de l'univers de Blasco Ibáñez ? Il est sans cesse en mouvement.

Tel Walt Whitman partant de Paumonawk, « l'île en forme de poisson », il a quitté l'environnement vert et fertile de Valence, ville d'un autre grand conquérant espagnol, le Cid, pour marcher sur le monde en ordre de bataille. C'est ce que reflète la série de romans que l'on traduit actuellement en hâte pour l'édification du public américain. Les premiers ont pour héros des paysans de cette plaine fertile, des pêcheurs et des marins d'El Grao, le port de Valence, un peuple robuste et violent qui vit dans un cadre végétal d'une luxuriance unique en Europe. Sa méthode s'inspire en partie de Zola et emprunte à son réalisme journalistique de fait-divers, avec ses meurtres et ses morts brutales inévitables dans les derniers chapitres. Il rend néanmoins ces personnages extrêmement vivants, même si chez lui les grandes idées fumeuses priment sur l'observation des êtres et des choses. Il se sent à l'aise dans la description du sentiment communautaire, de l'anarchisme individuel, de l'adoration de l'eau qui court dans les champs et y apporte la vie, du blé qui apporte le pain et du vin qui apporte la joie, cette joie dont le paysan de Valence habille son âme. Il manifeste une indignation sincère à l'égard du système agraire et des inégalités sociales, jointe à une bravade révolutionnaire caractéristique de son peuple.

La Barraca (« Terres maudites ») est un roman typique de cette période. On y suit une famille de paysans qui, malgré l'opposition du village, reprend une terre laissée vacante depuis que son propriétaire a été tué sur une route isolée, plusieurs années auparavant, par le chef de la famille de fermiers qui la cultivaient depuis des générations et qu'il venait d'expulser. Blasco Ibáñez décrit avec beaucoup d'émotion la lutte de ces paysans contre leurs voisins et le morceau de bravoure est une magnifique et sanglante scène de fusillade dans un fossé d'irrigation. Il nous offre de nombreuses descriptions des coutumes locales, comme le Tribunal de l'Eau, qui siège une fois par semaine sous l'un des portails de la cathédrale de Valence pour régler les conflits concernant l'irrigation. Un peu artificiel, certes, mais intéressant. Il n'en reste pas moins que déjà, à ce stade précoce de son œuvre, on sent que la formule « vulgarisation populaire » prend toute sa signification. Valence est vulgarisée au profit du monde entier. Le prolétariat est vulgarisé au profit des gens qui achètent des romans.

Valence sert apparemment de point de départ à d'autres raids vers le reste de l'Espagne. *Sonnica la Cortesana* (« Sonnica la Courtisane ») nous transporte dans l'antique Sagonte, avec tous les accessoires du peplum romanesque. *La Catedral* (« Dans l'Ombre de la Cathédrale »), c'est Tolède, l'Eglise, le socialisme et le monde moderne à l'ombre des flèches gothiques. Avec *La Bodega* (« La Cité des Futailles »), nous respirons la joyeuse atmosphère des caves de Jerez-de-la-Frontera en compagnie de contrebandiers, sur fond de processions, de bénédiction des vignes et de révolte paysanne. Jusque-là, tous ces romans visaient un public purement espagnol. Il faut attendre la publication de *Sangre y Arena* (« Arènes sanglantes ») pour que sa réputation s'étende.

Avec *Sangre y Arena,* nous savons tout des toreros, du parfum qu'ils utilisent, de leur vie domestique, des somptueuses créatures baudelairiennes de la bonne société qui plantent leurs dents blanches dans la peau brune de leurs bras musclés en les initiant aux plaisirs des cigarettes d'opium. Nous les voyons communier avant d'entrer dans l'arène et se faire encorner par le taureau tandis que le public, qui quelques instants auparavant criait « Olà » comme s'il ignorait que les choses tournaient mal, devient tout pâle et frissonne et se dit que vraiment, une corrida est quelque chose de terrifiant, jusqu'à ce que l'entrée du prochain taureau lui fasse tout oublier. C'est parfaitement distrayant si l'on fait abstraction des grandes idées fumeuses et soit dit en passant, ça se vend comme des petits pains. A partir de là, l'éditeur Casa Prometeo devient exportateur de ces excellents produits typiques de l'Espagne que sont la violence, le soleil, le sang, la volupté et la mort, comme l'a dit un autre vulgarisateur.

Ensuite, Blasco Ibáñez s'embarque pour l'Amérique du Sud et cela donne *Los Argonautos* (« Les Argonautes »). De l'autre côté de l'Atlantique, il trouve une vraie mine de pittoresque, et de grandes idées fumeuses l'agitent à nouveau, lorsque la guerre éclate. Il va relever le défi noblement et sans attendre. *Los Cuatro Jinetes del Apocalipsis* (« Les Quatre Cavaliers de l'Apocalypse »), qui lui vaut d'être reconnu chez les Alliés, prouve une fois de plus que nul n'est prophète en son pays. Le roman est si fraîchement accueilli en Espagne que les droits anglais sont vendus pour une bouchée de pain, trois mille pesetas. Mais le grand succès rencontré en Angleterre et aux Etats-Unis montre bientôt que nous savons apprécier la clairvoyance d'un homme neutre qui a pris notre parti et nous a encouragés, et ce dès le début du conflit. Battant le fer tant qu'il est chaud, on sort alors un autre pavé de quatre cents pages de propagande pro-Alliés bien servie, *Mare Nostrum*, où se mêlent Ulysse et des données scientifiques sur les courants océaniques, Amphitrite et les sous-marins, Circé et une Theda Bara ravageuse qui est en réalité une espionne allemande, le tout dans une grandiose litanie de louanges devant l'idole du nationalisme.

Avec *Los Enemigos de la Mujer* (« Les Ennemis de la Femme »), son dernier ouvrage, Blasco Ibáñez nous entraîne en dehors de l'Espagne, à Monte-Carlo, dans le monde des princes et des comtesses, tous du côté des Alliés. Oubliés les goûts prolétaires de sa jeunesse, la couleur locale qu'il n'hésitait pas à appliquer en couche épaisse, l'atmosphère d'*habanera*... Seules demeurent les grandes idées fumeuses version cosmopolite et la facilité d'expression, cette fatale facilité d'expression latine.

Et maintenant, les Etats-Unis, patrie des blondes sténodactylos, de la machine à écrire et des attachés de presse. Que nous réserve la rencontre de Broadway et de Blasco Ibáñez ?

Elle va en tout état de cause profiter à l'industrie cinématographique.

On peut pourtant regretter que Blasco Ibáñez ait trop rapidement pris le pli de la machine à écrire, qui incite à tisser de platitudes les complexités de l'existence. Il n'avait pas besoin de devenir un Midas à l'envers. C'est un Méditerranéen magnifique, avec quelque chose de l'Arétin, de Garibaldi et de Tartarin de Tarascon. Sensuel, enthousiaste, tonitruant, vivant dans un monde certes obscurci par ses grandes idées fumeuses, mais réel – ce qui n'est pas vraiment le propre des vulgarisateurs anglo-saxons –, Blasco Ibáñez aurait pu par sa simple énergie produire des œuvres d'un très grand intérêt si la machine à écrire n'avait été là pour recueillir instantanément sa prose. Tenez cet homme-là enfermé sa vie durant sans moyens d'expression et il va vous produire des Mémoires du niveau de ceux de Marco Polo et de Casanova, mais laissez-le lâcher le flot continu de son énergie par l'intermédiaire d'un bataillon de sténodactylos et vous vous retrouvez avec un romancier populaire de plus.

Quel dommage, aussi, que Blasco Ibáñez

et les Etats-Unis aient choisi ce moment précis pour faire connaissance. Ils ne vont rien en tirer de positif. Nous sommes largement pourvus en grandes idées fumeuses et en romanciers populaires et notre pays est le berceau de la majorité des Midas à l'envers. Ce dont nous avons besoin, c'est d'une écriture caustique, acérée, d'une écriture suffisamment riche en ferments pour faire lever l'édulcorant qu'est devenue notre conscience nationale sous l'effet combiné des idéaux de l'homme au fauteuil tournant et du puritanisme avarié. Bien sûr, aux Etats-Unis, Blasco Ibáñez ne sera qu'une célébrité du moment. C'est toujours comme ça. Mais pourquoi avons-nous besoin chaque fois de faire comme si nos célébrités du moment étaient coulées dans le marbre de l'éternité ?

Et puis, si les Américains s'intéressent à l'Espagne, mieux vaut qu'ils s'intéressent à ce qui en vaut la peine plutôt qu'aux ouvrages de vulgarisation, dont les rayons de leur bibliothèque sont déjà pleins. Il existe en Espagne des romanciers comme Baroja, des essayistes comme Unamuno et Azorín, des poètes comme Valle-Inclán et Antonio Machado... mais je suppose que la gloire de l'auteur des *Quatre Cavaliers de l'Apocalypse* va rejaillir sur eux.

X

Conversation au bord de la route

Il faisait nuit lorsqu'ils s'éveillèrent, transis de froid et les jambes raides. Ils étaient allongés chacun sur un côté du lit gigantesque, séparés par un enchevêtrement de draps et de couvertures trop étroits. Télémaque se dressa sur son séant. Il posa précautionneusement ses pieds encore enflés sur le sol, mais il les retira aussitôt et resta à claquer des dents, plié en deux au bord du lit. Lyaeus s'enfouit sous les couvertures et replongea dans le sommeil. Pendant un bon moment, Télémaque eut l'esprit trop engourdi par le froid pour comprendre ce qui l'avait réveillé. Puis, d'un seul coup, il prit conscience du bruit qui les entourait, le rythme lancinant des tambourins et des castagnettes, les cris joyeux de gens qui tapaient sur des poêles à frire. Dominant le vacarme, une voix aiguë chantait avec des trémolos une chanson dont chaque vers semblait se terminer par la formule « *y mañana Carnaval* ».

« Debout ! Demain, c'est le carnaval ! » cria-t-il à Lyaeus en enfilant son pantalon.

Lyaeus se redressa et se frotta les yeux.

« Ça sent le vin », dit-il.

Télémaque ressentait une exaltation que ni la faim, ni la raideur de ses muscles, ni la douleur de ses pieds meurtris, ni même la pensée de ce que dirait sa mère Pénélope si elle apprenait les activités de son fils, ne réussirent à tempérer.

« Ils dansent. Allons-y ! », s'écria-t-il et il entraîna Lyaeus vers la galerie qui donnait sur le fond de la cour.

« N'oublie pas le filet à papillons, Tél.

— Pour quoi faire ?

— Pour capturer ta fameuse attitude, qu'est-ce que tu crois ? »

Télémaque attrapa Lyaeus par les épaules et se mit à le secouer comme un prunier. Tout en luttant, ils virent que la cour était emplie de couples qui sautaient au rythme cadencé d'une *jota*. Deux guitaristes étaient assis sous le porche, près d'une table sur laquelle étaient posés des pichets et des verres. Un peu de vin avait été renversé. Une constellation de petites lampes à huile d'olive éclairaient faiblement la scène. Sans se séparer, les deux compagnons dévalèrent les escaliers. Ils déboulèrent tout étourdis parmi les danseurs qui les accueillirent par des « *¡hola!* » et exigèrent à grands cris que les étrangers chantent une chanson.

« Après dîner, lança Lyaeus en rajustant sa cravate. Il y a une éternité qu'on n'a rien avalé ! »

Le *padrón*, un individu au cou rouge et épais, avec une barbe blanche d'une semaine, s'approcha d'eux en tendant des mains larges comme des jambons.

« Vous allez à Tolède pour le carnaval ? Ils en ont de la chance, les jeunes, de voyager comme ça dans le monde entier ! » Il se tourna vers les autres. « J'étais comme eux, quand j'étais jeune », ajouta-t-il.

Ils le suivirent dans la cuisine où brûlait un maigre feu de bois et se blottirent de chaque côté de la cheminée. Les voyant frissonner, la femme bossue au visage parcheminé qui veillait sur les casseroles fumantes réparties autour du foyer rajouta du petit bois sec. Il se mit à brûler en crépitant et en répandant un arôme épicé dans la pièce.

« Demain, c'est le carnaval, dit-elle. Faut pas se priver. » Elle tendit à chacun une assiette de soupe dans laquelle flottaient des tranches de pain et des œufs pochés, tandis que le *padrón* approchait la table du feu et s'installait en face d'eux. Il les dévisagea d'un air intéressé pendant qu'ils mangeaient.

Au bout d'un moment, il se mit à parler. Au-dehors, les claquements de mains et le son des castagnettes continuaient à retentir, interrompus de temps à autre par des cris et des rires et par la chanson dont chaque vers se terminait par la formule « *y mañana Carnaval* ».

« J'ai pas mal voyagé quand j'avais votre âge, dit-il. Je suis allé aux Etats-Unis... *Nueva York*, Montréal, Buenos Aires, Chicago, San Francisco... Je vendais ces petits trucs, des cacahuètes... Quel pays, dites-moi ! Des lois et des policiers à plus savoir qu'en faire. A l'époque, je n'aimais pas trop ça, mais maintenant que j'ai vieilli, que je suis patron d'une auberge et que j'ai des filles, *vamos*, je comprends. En Espagne, chacun fait ce qu'il veut, et si l'on est du genre à fréquenter l'église, eh bien, on se repent et le prêtre arrange ça avec le Seigneur. En Europe, dans les pays modernes et civilisés, les gens finissent par savoir ce qu'ils doivent faire et ne pas faire... C'est pour ça qu'ils ont tout un arsenal de lois... Ici, la police sert uniquement à donner un coup de main aux dirigeants pour qu'ils nous dépouillent et nous volent... Ce n'est pas le cas aux Etats-Unis...

— Comme l'a dit Butler, coupa Télémaque, il y a une différence entre vivre sous la loi et vivre sous la grâce. Pour ma part, je préférerais vivre sous la grâ... » Il s'interrompit soudain en pensant aux maximes de Pénélope.

« En tout cas, nous savons chanter, dit le *padrón*. Vous voulez du café arrosé de cognac ? Et nos poètes, grands dieux, quels poètes nous avons ! »

Il bomba le torse, glissa une main dans la ceinture d'étoffe noire qui retenait son pantalon et se mit à réciter, en marquant le rythme avec la bouteille de cognac :

« Aquí está Don Juan Tenorio ;
no hay hombre para él...
Búsquenle los reñidores,
Cérquenle los jugadores,
Quien se précie que le ataje,
A Ver si hay quien le aventaje
En juego, en lid o en amores *. »

Il salua d'un grand geste et rajouta une rasade de cognac dans les tasses de café.

« *¡Qué bonito !* Magnifique ! s'écria la vieille femme bossue, qui était accroupie sur ses talons auprès du feu.

* Extrait du premier acte du *Don Juan Tenorio* de José Zorilla y Moral (1817-1893), poète et dramaturge.

« Voilà, nous sommes comme ça, conclut le *padrón.* Grandes gueules, joueurs et séducteurs. On chante, on danse et puis on se repent et le prêtre arrange ça avec le Seigneur. En Amérique, vous respectez les lois. »

Réchauffés et rassasiés, Télémaque et Lyaeus allèrent à la porte de l'auberge et regardèrent au-dehors. La rue principale du village était d'une blancheur immaculée sous le regard glacé de la lune. Dans la cour, la danse avait cessé. Un groupe d'hommes et de jeunes gens remontait lentement la rue, chacun portant un instrument de musique. Il y avait les deux guitares, des poêles à frire, des castagnettes, des cymbales, sans compter une outre de vin qui passait de main en main. A chaque tournée de l'outre, ils entonnaient une nouvelle chanson, ce qui ne faisait que ralentir encore leur progression au clair de lune.

« Allons avec eux, proposa Lyaeus.

— Non, je veux me lever tôt pour...

— Pour voir la fameuse attitude à la lumière du jour ! », s'esclaffa Lyaeus. « Toi, Tél, poursuivit-il, tu vis sous la loi. Dis-toi que sous la loi il n'y a pas d'attitudes, juste des mouvements mécaniques. »

Sur ces mots, il rejoignit le groupe qui continuait à boire et à chanter. Télémaque alla se recoucher. Une fois dans les escaliers, il maudit les maximes de sa mère Pénélope. Mais demain, pendant le carnaval, il capturerait l'attitude, c'était sûr.

XI

Antonio Machado, poète de Castille

« A l'école militaire, j'ai dépensé cinquante mille pesetas en une année... *J'aime le chic* * », me dit le jeune officier d'artillerie à qui j'avais demandé mon chemin. Il me conduisait sur la colline escarpée, semée de cailloux, qui menait à la rue principale tortueuse de Ségovie. Un peu plus tôt, nous étions passés sous l'aqueduc dont les arches se succédaient sous le ciel écarlate. En faisant claquer ses doigts gantés, il avait commenté : « Et à quoi cela sert-il, je vous le demande ? Je donnerais tout ça pour respirer les gaz d'échappement d'une Hispano-Suiza. Vous connaissez les Hispano-Suiza ? Regardez-moi cette ville pourrie ! Impossible de circuler en motocyclette sans renverser

* En français dans le texte. (NdT).

une vieille ou un marmot braillard... A propos, qui est ce monsieur auquel vous rendez visite ?

— Un poète.

— J'adore la poésie. J'en écris, d'ailleurs. Des poèmes légers et élégants sur les femmes légères et élégantes... » Il éclata de rire et tortilla les pointes cirées de sa moustache.

Il me laissa au bas de la rue que je cherchais et me salua d'un geste alambiqué.

« Quand je pense que vous venez de New York pour vous rendre dans une rue aussi miteuse, dit-il en s'éloignant, alors que mon rêve est d'aller à New York ! Si j'étais un poète, ce n'est certainement pas ici que j'habiterais. »

Le nom de la rue était *Calle de los Desamparados.* Rue des abandonnés...

Nous passâmes un long moment au cercle devant une tasse de café. En face de nous, un gros homme à la peau d'un rose cireux jouait au billard avec un partenaire mince, au teint jaune et aux moustaches à la gauloise, vêtu d'une queue-de-pie, qui le battait à plates coutures et ponctuait chaque coup d'un « *bueno* » rauque. Nous parlions de Paris et de la parution éventuelle d'autres volumes de poésie. Hommage fut rendu à Walt Whitman et à Maragall. Il y eut aussi des questions sur Emily Dickinson. Il flottait autour de nous une odeur de vieux canapés bourrés de crin et cette atmosphère de profond ennui propre aux vieilles cités que l'histoire a un jour oubliées sur le rivage. Notre petit groupe s'agrandit. On parla peinture : Zuloaga tardait à venir, les frères Zubiaurre * avaient quitté la côte basque, séduits par les collines jaune safran de la province de Ségovie et la peau brune de ses habitants. Sorolla ** était en train de mourir, un autre avait perdu la raison. Finalement, quelqu'un dit : « On étouffe ici. Allons marcher. C'est la pleine lune, ce soir. »

Au-dehors, le silence régnait, rompu seulement par le bruit irrégulier de nos pas. Le clair de lune, éclairant la rue de biais, la découpait en deux triangles, l'un très noir, l'autre lumineux et semblable à une plaque d'argent sur laquelle on aurait gravé les portes, les toits, les fenêtres et les détails ornementaux. Au-dessus de nos têtes, le ciel nocturne était bleu et d'un blanc laiteux. Nous traversâmes une zone obscure puis, au bout d'une arcade, nous vîmes se découper un arc de lumière. La porte de la ville fran-

---

* Valentín et Ramon de Zubiaurre, peintres basques, l'un et l'autre sourds-muets. (NdT).

** Joaquín Sorolla (1863-1923), peintre impressionniste valencien. (NdT).

chie, nous nous assîmes en cercle sur des pierres récemment équarries qui avaient gardé un peu de la chaleur du soleil. D'un côté, s'étendait le mur blanchi à la chaux d'une maison, telle une flamme blanche barrée par une porte de chêne massive, dont le clair de lune argenté éclairait d'un éclat fiévreux les pointes et le marteau et rendait presque irréel le rouge vif du pot de géraniums qui la surmontait. De l'autre côté, un ravin, le sommet chatoyant des peupliers et le murmure d'un ruisseau. Au-dessus de la porte de la ville, la flamme d'une petite lampe à huile éclairait faiblement les pieds peints en vert d'une madone polychrome. Nous parlions d'*El Buscón* (« El Buscón, la Vie de l'Aventurier Don Pablo de Ségovie »), le roman de Quevedo qui se passe en grande partie dans cette ville, une histoire vagabonde de voleurs, de gens qui s'échappent la nuit par les portes dérobées des bordels, d'échelles de corde pendant de la fenêtre de grandes dames, de secrets surpris dans les confessionnaux, de rendez-vous sous des ponts, de doigts qui se frôlent dans les bénitiers de vastes cathédrales. Un nuage de poussière fantomatique émergea de la porte, chassé par un coup de vent. Mon voisin frissonna.

« Les morts sont plus forts que les vivants,

murmura-t-il. Nous, nous avons presque rien et eux... »

Sa voix chevrotante renvoyait à des images de mules franchissant la porte de la ville en longues files tintinnabulantes, de reines portées en litières ornées de rideaux bigarrés de Samarcande, de brocarts d'or éclaboussés par la glaise des ornières et tachés par le sang des embuscades, de balles de soie de Valence, de groupes d'artisans mauresques ambulants, de Templiers lourdement armés en route vers le Saint-Sépulcre, de troubadours errants, de voleurs à la tire, de filles de joie, de files remuantes de fantassins et de chevaliers portant une gourde de vin dans la fonte de l'arçon, en marche vers les terres disputées d'Estrémadure, là où il y avait des infidèles à massacrer, du bétail à chasser et des filles à violer, toute la mémoire du temps où les pierres de la porte étaient aussi fraîchement taillées que les blocs sur lesquels nous étions assis. En bas, dans la vallée, un âne poussa un long et sinistre braiment.

« Eux aussi, ils connaissent la nostalgie », affirma quelqu'un d'un ton sentimental.

Une voix grave s'éleva de dessous un chapeau melon.

« Ce que les gens n'avaient pas, dans l'ancien temps, c'est le loisir d'être tristes. Le goût douceâtre de la putréfaction, le souvenir d'états d'âme aux couleurs passées. Ils avaient le soleil, nous avons les couleurs du couchant. Qui peut dire ce qui vaut mieux ? »

Mon voisin s'était mis sur ses pieds. « Par une nuit de lune comme celle-ci, une promenade dans l'ancien quartier des sorcières s'impose. »

Le gravier crissait sous nos pas tandis que, passant du clair de lune à l'obscurité du ravin, nous descendions la route qui menait à *San Millán de las brujas.*

On ne peut lire aucun poète espagnol contemporain sans évoquer Rubén Darío, ce prodigieux Nicaraguayen dont les poèmes ont rassemblé toutes les tendances de la poésie française, américaine et orientale et les ont déversées sur la pensée de la nouvelle génération espagnole en une cascade ampoulée charriant autant de boue que de poussière d'or. Débordante de beauté et de banalité, tapissée d'images et d'ornementations empruntées à la Grèce, à l'Egypte, à la France, au Japon et à son Amérique centrale natale, tout à la fois symboliste, romantique et parnassienne, la poésie de Rubén Darío évoque ces porches de la renaissance espagnole où se bousculent en impétueuses arabesques des motifs français, mauresques et italiens et où le travail sans talent de la pierre côtoie la splendeur des formes et la richesse du sens. De temps à autre, échappant à ce qui, dans tout ce fouillis, n'a pas été assimilé, jaillit une étincelle de véritable poésie. Et l'on peut dire – pour autant qu'on puisse se livrer à ce genre d'affirmation – que cette étincelle est la force motrice du renouveau de la poésie espagnole. Bien sûr, ces poètes ne se sont pas contentés de subir l'influence du monde extérieur à travers la seule œuvre de Rubén Darío. Une fois la voie ouverte, Baudelaire et Verlaine ont eu directement sur eux une influence considérable, qui a réussi à canaliser l'exubérance spontanée de la poésie romantique espagnole. L'œuvre d'Antonio Machado, poète qui commence à être considéré comme la figure centrale de ce mouvement, manifeste une retenue et une concision dans l'expression que l'on rencontre rarement en poésie.

Je ne veux pas dire par là qu'il faille considérer Machado comme un élève de Rúben Darío ou de Verlaine, mais au sein de cette génération qui s'efforce avec plus ou moins de bonheur de les imiter, il fait preuve dans ses poèmes d'une originalité et d'une personnalité rares. A vrai dire, exception faite de la poésie de Juan Ramón Jiménez, c'est plutôt du côté de l'Amérique et de l'Angleterre, chez un Richard Aldington et une Amy Lowell, qu'on pourrait trouver une méthode et une ambition similaires. Sous l'influence des symbolistes et des expériences tumultueuses du Nicaraguayen, le style romantique emphatique espagnol a volé en éclats comme il l'avait fait partout ailleurs au milieu du XIXe siècle. La méthode nouvelle élaborée par Machado se réfère aux premières ballades et à la poésie du début de la Renaissance plutôt qu'à des œuvres étrangères, mais on y retrouve l'enthousiasme pour le rythme du discours ordinaire et la simple description des émotions sincères propres aux poètes qui, dans le monde entier, parlent d'une voix nouvelle. *Campos de Castilla* (« Champs de Castille »), premier volume à avoir touché un large public, marque un tournant dans l'histoire de la poésie espagnole.

La poésie d'Antonio Machado est tout imprégnée des lieux. Il est obsédé par les vieilles villes d'Espagne où il a vécu dans l'atmosphère ouatée de rues tortueuses et tristes, bordées d'anciennes demeures qui ont vu défiler des générations et s'effondrent petit à petit, l'été dans le silence incandescent de la mi-journée, l'hiver sous les coups de boutoir du vent glacé venu des montagnes. Quoiqu'il soit originaire d'Andalousie, l'amère et orgueilleuse plaine de Castille où s'élèvent à l'écart du monde des villes désertées, repliées entre leurs murailles sur un vieux rêve de foi ardente et de conquêtes, a imprégné son imagination et son écriture s'est imprégnée de la pureté de la langue castillane jusqu'à ce que ses poèmes aient l'air aussi castillan que Don Quichotte.

Mon enfance : le souvenir d'un patio à Séville
Et d'un jardin où mûrit le fruit du citronnier.
Ma jeunesse : vingt ans sur le sol de Castille.
Mon histoire : quelques faits qu'il vaut mieux
  oublier.

Ainsi Machado parle-t-il de lui-même *. Né dans les années 1880, il enseigne actuellement à Ségovie après avoir été professeur de français dans des établissements d'enseignement public à Soria et Baeza – trois vieilles villes imposantes, à l'atmosphère particulièrement ouatée – et il a fait un séjour à Paris, comme tout bon écrivain et artiste espagnol. Dans son *Poema de un Día* (« Poème d'un Jour ») ** il déclare :

---

* Ces quatre vers sont le début du poème de Machado intitulé *Retrato* (Portrait) extrait du recueil *Campos de Castilla* (« Champs de Castille »). (NdT).

** Ce poème fait également partie de *Campos de Castilla.* (NdT).

Me voici déjà professeur
De langues modernes, moi qui hier
Étais maître de gai savoir
Et l'apprenti du rossignol.

Il a publié trois volumes de poésie : *Soledades* (« Solitudes »), *Campos de Castilla* (« Champs de Castille ») et *Soledades y Galerías* (« Solitudes, Galeries »), et un organisme gouvernemental, la *Residencia de Estudiantes,* a édité récemment l'ensemble de son œuvre.

Les traductions qui suivent sont forcément imparfaites, car il est impossible de rendre dans une langue étrangère le rythme de la langue et les alliances verbales éloquentes qui les caractérisent. Machado utilise relativement peu la rime, lui préférant souvent l'assonance, comme le veut la tradition particulière de la prosodie espagnole. Pour ma part, je n'ai pas cherché à être vraiment fidèle à la forme originelle *.

* Pour les textes traduits par Dos Passos dans cet ouvrage, la version française a été établie en règle générale à partir de la version originale. Il est à noter que la traduction de Dos Passos présente parfois des différences significatives avec celle-ci. Les emprunts à des traductions françaises publiées sont signalés. (NdT).

I*

Oui, vous êtes en moi, champs de Soria
Soirées paisibles, montagnes violettes,
Peupliers des bords du fleuve, rêve vert
De la terre grise,
Aigre mélancolie
De la ville décrépite —
M'êtes-vous allés droit au cœur
Ou bien m'habitiez-vous déjà ?

Gens de la haute plaine de Numance
Qui gardez Dieu comme chrétiens d'antan
Que le soleil d'Espagne vous remplisse
D'allégresse, de lumière et d'abondance !

II

Murmure ténu de tuniques qui passent
Sur la terre stérile.
Sanglots sonores
Des cloches anciennes.
Les braises agonisantes
De l'horizon fument...

---

* Les poèmes qui suivent, traduits et numérotés de I à VIII par Dos Passos, sont en fait extraits de plusieurs recueils. Le I, le III, le V, le VII et le VIII correspondent respectivement aux XI, au IV, au VII, au VIII et au VI de *Campos de Soria* (« Champs de Soria ») qui font partie de *Campos de Castilla* (« Champs de Castille »). Le II et le VI sont extraits de *Soledades* (« Solitudes ») et le IV de *Galerías* (« Galeries »). (NdT).

De blancs fantômes lares
Illuminent les étoiles.

Ouvre la fenêtre du balcon
C'est bientôt l'heure de l'illusion...
L'après-midi s'est endormi
Et les cloches rêvent.

III

Silhouettes des champs découpées sur le ciel !
Deux bœufs labourent lentement
Le flanc d'une colline à l'automne commençant
Et entre les têtes noires
Ployées sous le poids du joug,
Se balance un panier d'osier,
Le berceau d'un enfant;
Et derrière les bœufs avancent
Un homme qui va le front penché vers le sol
Et une femme qui dans le creux des sillons
Jette les semences.
Et sous l'incendie d'un nuage carmin
Dans l'or liquide et vert du soleil couchant
Leurs ombres ressemblent à celles de géants.

IV

La terre est dans sa nudité
Et l'âme hurle à l'horizon pâle
Telle une louve famélique.

Que cherches-tu,
Poète, dans le couchant ?

Amers sont les pas, car la route
Pèse sur le cœur. Le vent glacé,
Et la nuit qui vient, et l'amertume
De la distance... Sur le chemin blanc
Quelques arbres transis ont viré au noir.

Sur les montagnes lointaines
Il y a du sang et de l'or. Le soleil est mort...
Que cherches-tu,
Poète, dans le couchant ?

V

Collines aux reflets d'argent,
Labours gris, rocailles violacées
Que le Duero traverse
En une courbe d'arbalète
Autour de Soria, sombres chênaies,
Eboulis abrupts, sierras pelées,
Routes blanches et peupliers du bord de l'eau,
Après-midi de Soria mystique et guerrière,
Aujourd'hui mon cœur est triste pour vous
Triste par amour.
Champs de Soria
Où les rochers semblent rêver
Vous êtes en moi !
Collines aux reflets d'argent,
Labours gris, rocailles violacées !

VI

Nous pensons avec nos amours
Créer des fêtes de l'amour,
Faire brûler un encens nouveau
Sur des sommets invaincus,
Et conserver le secret
De nos visages pâlis,
Car dans les bacchanales de la vie
Nous gardons nos verres vides
Tandis que l'écho du cristal et des rires
Accompagne le jus d'or pétillant de la vigne...

Dissimulé dans les branches du parc
Solitaire un oiseau
Siffle, moqueur...
Nous exprimons le suc
De l'ombre de nos rêves dans notre verre
Et ce qui de notre chair appartient à la terre
Ressent l'humidité du jardin comme une
caresse.

VII

Je suis revenu voir les peupliers dorés
Les peupliers du chemin qui longe le Duero
Entre San Polo et San Saturio,
Passé les vieilles murailles
De Soria, barbacane avancée
Vers l'Aragon, en terre castillane.

Ces peupliers du bord de l'eau, qui font écho
Par le bruissement de leurs feuilles sèches
Au murmure du fleuve quand souffle le vent
Ont, gravés par les amants dans l'écorce,
Des initiales qui sont des noms
Et des chiffres qui sont des dates.

Peupliers de l'amour, vous qui jadis aviez
Vos branches couvertes de rossignols,
Peupliers qui demain chanterez telles des lyres
Sous le souffle parfumé du printemps,
Peupliers de l'amour du bord du fleuve
Qui suit son cours rapide et rêveur,
Peupliers des rives du Duero,
Vous êtes en moi, je vous porte en mon cœur !

VIII

Froide Soria, pure Soria,
Tête d'*estremadura*,
Avec ton château guerrier
En ruine sur le Duero,
Avec tes murailles rongées
Et tes maisons noirâtres !

Ville morte de seigneurs,
De soldats et de chasseurs,
Aux portes ornées des blasons
D'une centaine d'hidalgos,
Ville de lévriers efflanqués
De lévriers affamés

Qui pullulent
Dans les ruelles sordides
Et hurlent à la minuit
Quand croassent les corneilles.

Froide Soria ! Une heure
Sonne au tribunal.
Soria, cité castillane,
Si belle au clair de lune.

IX

A l'enterrement d'un ami *

On l'a mis en terre par un horrible après-midi
De juillet, sous un soleil de feu.
A un pas de la tombe ouverte,
Il y avait des roses aux pétales pourris
Parmi des géraniums au parfum âcre,
Aux fleurs rouges. Un ciel
De pur azur. Et le vent
Soufflait vif et sec.

Le cercueil suspendu à de grosses cordes
A été lentement, pesamment descendu
Par les deux croque-morts
A l'intérieur de la fosse.

Et en touchant le fond, il a rendu un son
Solennel, dans le silence.

---

* Extrait de *Soledades*. (NdT).

Le bruit du cercueil contre la terre
Est quelque chose d'affreusement sérieux.
Sur la bière noire s'écrasaient les mottes
En poudre lourde et sombre.

L'air se remplissait de l'haleine blanchâtre
Qui montait de la tombe.

Et toi, sans ombre désormais, repose et dors,
Longue paix à tes os.

Maintenant à tout jamais,
Dors d'un vrai sommeil, dors d'un sommeil
  paisible.

X

Le dieu ibère *

Tout comme l'arbalétrier,
Le joueur de la chanson,
L'Ibère avait une flèche pour son Dieu
S'il faisait périr les épis sous la grêle
Et ravageait les fruits d'automne
Et un « Gloire à toi », pour le Seigneur
S'il faisait mûrir le seigle et le blé
Qui donneraient demain le bain bénit.

* Extrait de *Campos de Castilla*. (NdT).

« Dieu de la ruine,
J'adore parce que je suis dans l'attente et la crainte :
Dans ma prière j'incline
Jusqu'à terre ce cœur qui blasphème.

« Dieu qui me nourrit à la sueur de mon front
Je sais ton pouvoir, je connais mes chaînes.
Seigneur des nuages de l'été
Qui dévastent les champs,
Des gelées tardives, des automnes secs
Et de la canicule qui brûle les moissons !

« Seigneur de l'iris dans la verte campagne
Où paissent les moutons,
Seigneur des fruits rongés par les vers
Et du vent qui dévaste les chaumières,
Ton souffle attise les flammes du foyer,
Ta chaleur fait mûrir les céréales blondes
Et ta main sainte, la nuit de la Saint-Jean,
Forme le noyau de l'olive verte !

« Oh, maître de la richesse et de la pauvreté
Du hasard et de l'infortune,
Qui au riche offre loisir et bienfaits
Et laisse la fatigue et l'espoir au pauvre !
« Seigneur, Seigneur, j'ai vu le sort de mes semailles
Se jouer à la roue capricieuse de l'année
Avec autant de chances de ramasser la mise
Que le joueur confiant son argent au hasard !

« Seigneur, aujourd'hui paternel, cruel hier,
Double visage d'amour et de vengeance,
Vers toi, tel un dé jeté dans le vent,
Je lance ma prière, blasphème et louange. »

Cet homme qui insulte Dieu au pied de l'autel
Sans se préoccuper de froisser le destin
A aussi rêvé de chemins sur les mers
Et dit : le Seigneur est le chemin sur la mer.

N'est-ce pas lui qui mit Dieu au-dessus de la
guerre,
Au-delà du sort,
Au-delà de la terre,
Au-delà de la mer et de la mort ?

N'offrit-il pas au feu du Seigneur
le plus beau rameau du chêne-vert ibère
Qui brûla dans le bûcher sacré
D'amour, uni à Dieu en une flamme pure ?

Mais aujourd'hui... Qu'est-ce qu'un jour !
Pour les lares nouveaux
Il y a des cistes * dans les bosquets ombreux
Et du bois vert dans les vieilles chênaies.

Si longtemps que la patrie attende
Pour ouvrir au soc ses premiers sillons,

---

* Ici, par exemple, Dos Passos a traduit le terme espagnol « *estepas* » par « plaines » : *there are plains in forest shade.* Or, « *estepa* » veut dire « steppe », mais aussi « ciste ». (NdT).

Il y a des terres à semailles pour le grain divin
Sous les bardanes, les ronces et les chardons.

Qu'est-ce qu'un jour ? Hier est à l'affût de
demain,
Demain est à l'affût de l'infini,
Hommes d'Espagne, le passé n'est pas mort
Et demain pas plus qu'hier ne sont écrits.

Qui a jamais vu la face du Dieu d'Espagne ?

Mon cœur est dans l'attente
De l'homme ibère qui avec ses mains rudes
Taillera dans le chêne-rouvre castillan
Le Dieu sévère de cette terre brune.

XII

Un poète catalan

> *Il est temps de prendre la mer; car déjà l'hirondelle babillarde est revenue, déjà le doux zéphyr a réchauffé l'air. Les prés sont en fleurs, les vents se sont calmés, les flots apaisés se taisent. Lève l'ancre, matelot, détache les amarres, et navigue à toute voile. C'est moi, Priape, le gardien des ports, qui t'engage à partir; va partout où le commerce t'appelle.*
>
> (ANTHOLOGIE GRECQUE) *

La Catalogne, comme la Grèce, est une terre de ports et de monts, où, le matin, sur les hauteurs, montent jusqu'aux oreilles des fermiers et des bergers l'écho des rames frappant l'eau et les gémissements des cordages hissant au sommet des mâts les grands

* Texte français de l'édition Hachette 1863, traduction F. Jacobs. (NdT).

bouts-dehors des voiles en forme d'ailes des bateaux de pêche. Barcelone, avec son joli port niché à l'abri de la colline de Montjuïc, a toujours été une cité commerçante. Au Moyen Age, c'est sur la puissance économique de la flotte de ses marchands que reposait la pompe héraldique du grand royaume maritime des Aragon. Aujourd'hui encore, on peut voir les armes des rois d'Aragon et des comtes de Barcelone sur de vieux immeubles de Majorque, de Minorque, d'Ibiza, de Sardaigne, de Sicile et de Naples. Ce n'est donc pas un hasard si, au moment où la Catalogne redevient un ferment de nationalisme après avoir subi le joug de la Castille durant près de quatre siècles, les poètes qui s'expriment en catalan sont des chantres de la montagne et de la mer.

Cette fois, néanmoins, ce ne sont pas les voiles blanches cinglant vers l'est qui ont entraîné le mouvement, mais les usines textiles, ces bâtiments fixes autour desquels se construisent des cités sinistres où viennent s'entasser des populations déboussolées, tandis qu'elles gonflent d'une arrogance nouvelle les descendants des bourgeois têtus qui ont donné tant de fil à retordre aux rois d'Aragon et de Castille. (On raconte qu'un roi a si mal vécu le refus des *Cortes* de Barcelone de desserrer les cordons de la bourse que son cœur l'a lâché et qu'il est mort en pleine séance de l'assemblée.) Ce développement de l'industrie au siècle dernier, joint au réveil du bassin méditerranéen, s'est exprimé politiquement par le mouvement catalan de sécession avec l'Espagne et sur le plan littéraire par la résurrection de la langue et de la pensée catalanes.

Naturellement, la première génération ne s'est guère intéressée aux manufactures sans lesquelles leur existence n'aurait pas bénéficié de l'action de ce ferment. Il leur fallait auparavant exprimer d'autres émotions, celles de la mer, des montagnes et des vieilles histoires héroïques que leur peuple avait dû garder par-devers lui pendant des siècles. C'est une autre génération, sans doute, qui utilisera comme symboles le gloussement des rouages bien huilés, le ronflement des métiers à tisser et les formes chimériques de la fumée crachée par les hautes cheminées et qui prendra pour thème la lutte douloureuse des esclaves de la machine pour la liberté et pour une vie meilleure. Les premiers à avoir pris conscience de leur statut de Catalans se battaient pour que la liberté politique, les montagnes encapuchonnées de brume et la mer sans une changeante fissent partie de manière permanente de la vie de chacun.

Joan Maragall appartenait à cette première génération. Il est décédé en 1912 *, cinq ans après l'exécution de Ferrer ** . Journaliste, il a passé pratiquement toute sa vie à Barcelone, une vie rangée d'homme heureux en ménage, d'après ce que l'on sait, ponctuée par une certaine agitation en faveur de l'indépendance de la Catalogne. Bref, une figure littéraire reconnue et sans histoire, un « maître » comme diraient les Français.

Quelque six cents ans plus tôt, à Palma de Majorque, un jeune noble, poète et virtuose du luth, tentait d'arriver à ses fins avec la dame de haute naissance qu'il courtisait depuis des nuits sous les étoiles, lorsqu'elle avait calmé ses ardeurs d'un regard glacial et, ouvrant à deux mains son corsage, lui avait montré ses seins, l'un rond et blanc, et l'autre violacé et noirci par le cancer. Devant la vision horrible de cette beauté rongée sous ses yeux par la maladie, il avait intériorisé sa passion et serait sans doute devenu un saint s'il avait eu des idées plus orthodoxes,

* En 1911. (NdT).

** Francisco Ferrer, pédagogue libertaire, fondateur de l'Ecole Moderne. Il est en fait décédé deux ans – et non cinq – avant la mort de Maragall, en 1909. Accusé d'être l'instigateur de l'insurrection de juillet 1909 à Barcelone, il a été fusillé en octobre de la même année. (NdT).

mais en l'occurrence Ramón Lull – Raymond Lulle –, le jeune Majorquin en question, allait laisser un grand nombre de textes mystiques, rédigés en latin et en catalan, dans lesquels, comme les soufis persans, il exprimerait sa recherche de l'amour divin à travers l'amour de la Terre. Le Bienheureux Raymond Lulle finira sa vie en martyr, après avoir prêché sa foi dans une ville africaine. D'une certaine manière, l'esprit du mystique torturé du XIIIe siècle revit chez Maragall, le paisible journaliste barcelonais qui vécut à l'écart des événements de son époque, comme seul pouvait le faire un homme de la seconde moitié du XIXe siècle. Dans les poèmes de Maragall, écrits dans la langue simple et belle des pêcheurs et des paysans catalans, on retrouve en effet les métaphores brûlantes de passion de Raymond Lulle.

Voici l'un de ses poèmes les plus célèbres * :

* Il s'agit du poème *Les Muntanyes,* « Les Montagnes ». Dos Passos précise qu'il l'a traduit « grosso modo ». La traduction du catalan en français citée ici est celle de A. Schneeberger, publiée dans *L'Anthologie des Poètes Contemporains depuis 1854,* reprise dans l'édition française des *Poèmes* de Maragall, publiée par le Ministère des Affaires étrangères, Madrid, 1968. (NdT).

A l'heure où le soleil se couche
Buvant au jet de la source,
J'ai surpris le secret
De la terre mystérieuse.

Dans le lit profond du courant
Je vis cette eau virginale
Jaillir de cette obscure naissance
Jusqu'à réjouir ma bouche.

Cette eau pénètre en ma poitrine
Puis avec son clair sourire
Me pénètre en même temps
Une douce sagesse.

Si je me dresse et que je regarde
Vers la montagne, les forêts et les prés,
Tout me paraît alors différent,
Tout me semble prendre un autre aspect.

Au-dessus du beau couchant
Commençait à resplendir par les horizons
    pourprés
Le blanc croissant neuf de la lune.

Tout me semblait un monde en fleur
Dont l'âme s'élevait en moi.

Moi, l'âme odorante de la prairie
Qui se plaît à fleurir avant d'être fauchée.

Moi, l'âme pacifique du troupeau
Dont les clarines tintent dans le ravin caché.

Moi, l'âme de la forêt qui bruit
Comme la mer perdue à l'horizon.

Et l'âme du saule qui donne
A toute fontaine son ombre claire.

L'âme profonde de cet abîme
D'où les nuées s'élèvent en jouant.

L'âme inquiète de ce torrent
Qui clame en cascade étincelante.

Moi, l'âme bleue de l'étang
Qui guette le voyageur de son œil étrange.

L'âme du vent lorsqu'il souffle
Et de l'humble fleur lorsqu'elle s'ouvre.

Moi, hauteur de la montagne...

Les nuages m'enlaçaient de leurs formes
Et de ce large amour de leur étreinte
S'extasiait mon âme sereine.

Je sentais le délice des sources
Naître en moi comme un présent des
glaciers
Dans la vaste quiétude des horizons
Je sentais le repos des tempêtes.

Quand à mes côtés s'ouvrait le ciel
Et que l'astre d'or inondait de rayons la
 plaine verdoyante,
Le monde, au loin, passait le jour à regarder
La splendeur de ma beauté souveraine.

Et moi, tout plein du désir
Qui agite la mer et les montagnes,
Je me dressais fièrement pour offrir au ciel
Tout ce qui palpitait en mes flancs et mon
 sein.

A l'heure où le soleil se couche
Buvant au jet de la source,
J'ai surpris le secret
De la terre mystérieuse.

La mer et les montagnes, la brume, le bétail et les genêts jaunes, les bateaux de pêche dont les voiles latines ressemblent à des ailes sombres quand le soleil se lève du côté de Majorque : pour le poète, c'est le ravissement des sens jusqu'au moment fatal où, soudain, il se laisse gagner par le détachement de ce monde et le voilà devenu un chrétien, un mystique en proie aux vieilles tortures de l'âme. L'œuvre la plus expressive de Maragall, une suite poétique intitulée *El Comte Arnau,* en est la parfaite illustration.

Les passages qui suivent sont parmi les plus marquants * :

Toutes les voix de la terre
Acclament le Comte Arnau
Car de la sombre épreuve
Il est sorti vainqueur.

— Fils de la terre, fils de la terre,
Comte Arnau,
Demande maintenant, demande maintenant :
Que ne pourras-tu pas ?

— Vivre, vivre, vivre à jamais
Je voudrais ne jamais mourir ;
Être comme le rouvre qui s'enracine
Et ouvre sa cime dans l'espace ** .

— Les rouvres vivent et vivent
Mais ils comptent aussi les années.

— Eh bien, je veux être le rocher immobile
Entre soleil et tempêtes.

---

* Il s'agit du poème V et du poème VI, que Dos Passos présente ici inversés, le VI précédant le V. (NdT).

** La traduction anglaise de ces deux derniers vers et des deux suivants par Dos Passos diffère nettement de l'original. Maragall dit : *« Ser com roure que s'arrela/I obre la copa en l'espai/Els roures viuen i viuen/Pro tambe compten els anys. »* Dos Passos a traduit : *« To be like a wheel revolving/To live with wine and a sword/Wheels roll, roll, but they count the years. »* Soit : « Être comme une roue qui tourne/Vivre avec du vin et une épée/Les roues tournent, tournent/Mais elles comptent les années. » (NdT).

— Le rocher vit sans vivre
Impénétrable à tout jamais.

— Eh bien, la mer agitée
Qui à tout s'ouvre et livre passage.

— La mer est toute seule
Et toi tu es accompagné.

— Eh bien, l'air quand la lumière
Du soleil immortel l'embrase.

— Mais ni l'air ni le soleil n'aiment
Ni ne sentent l'éternité.

— Eh bien : être homme plus qu'homme,
Être la terre qui palpite.

— Tu seras rouvre, tu seras roc,
Tu seras la mer agitée,
Tu seras l'air embrasé,
Tu seras l'astre éblouissant,
Tu seras homme plus qu'homme,
Puisque telle est ta volonté.

Tu iras par monts et par vaux,
Par la terre qui est si vaste,
Monté sur un cheval de feu
Qui jamais ne fatiguera.

Ton passage inspirera la peur
Comme celui de la tempête.

Toutes les voix de la terre
T'entoureront de leurs cris.
Tu seras traité d'âme en peine
Comme si tu étais un damné.

Nuit !... Dans toute sa beauté Adalaisa
Est endormie aux pieds du Christ nu.

Patiemment, Arnau suit un chemin obscur
A l'intérieur de la montagne silencieuse.
Au-dessus de la voûte un ruisseau passe
Un moment... Puis il se perd et se tait.
Arnau débouche à l'air libre sous le porche.

Il cherche Adalaisa parmi les cellules
Et la voit endormie dans toute sa beauté,
Abandonnée aux pieds du Christ nu,
Sans voile, sans coiffe et sans manteau,
Sans un geste et sans défense. Endormie.

Elle a une magnifique masse de cheveux.

Quelle chevelure soyeuse, Adalaisa !
Se dit Arnau. Mais il se tait et la contemple.

Elle dort, elle dort et peu à peu
Son visage tout entier s'anime
Comme sous l'effet d'un songe suave
Jusqu'à ce qu'un doux sourire l'éclaire
Et volette un moment sur ses lèvres.

Quelles lèvres d'amour, Adalaisa !
Se dit Arnau. Mais il se tait et la contemple.

Un long soupir traverse son sommeil,
telle une vague, puis s'apaise.

Que ta poitrine soupire, Adalaisa !
Se dit Arnau. Mais il se tait et la contemple.

Puis elle ouvre les yeux et quittant sa rêverie,
Il la prend dans ses bras et l'emporte.

Quand ils sortent, le jour se lève sur la
campagne.

Mais la peur de la vie vient soudain troubler la source claire des sensations et le poète à genoux écrit :

Et quand viendra cette heure d'angoisse
Où mes yeux d'homme se fermeront
Ouvrez-moi, Seigneur, d'autres yeux plus grands
Que je contemple votre face immense *.

Avant que ne vienne ce moment, pourtant, quelle vision claire et scandée du monde ne nous offre-t-il pas dans cette langue pure et concise, une langue qu'aucune

* Ce sont les derniers vers du poème « *Cant Espiritual* », ici dans la traduction d'Albert Camus et Victor Alba (*Pont Blau*, 1957). (NdT).

génération n'a édulcorée ni manipulée à des fins littéraires et qui a gardé sa fraîcheur et sa simplicité originelles. C'est comme si l'air cristallin et lumineux de la Méditerranée avait servi de matériau pour forger le poème. Les vers sont libres et bondissants, riches d'échos et de refrains, les images surgissent, naturelles comme celles de l'Anthologie grecque. Un ermite libéré de la malédiction de Nabuchodonosor se met sur ses pieds « tel un ours dressé » ; des bateaux de pêche que l'on pousse à l'eau un par un sur la cale de halage ressemblent « à de jeunes villageoises entrant dans la danse » ; par gros temps, les bateaux de pêche dont on a pris des ris dans la voile « sautent comme des chèvres à l'entrée du port ». On trouve chez lui des formules comme : « le grand sommeil des montagnes » ; « un long soupir traverse son sommeil, telle une vague » ; « je parle d'elle et c'est comme si un vol d'oiseaux guidait le regard vers un ciel de pur azur » ; « la mer mouvante et émouvante ». Peut-être est-ce là l'effet d'un regard aiguisé par le désir ardent de contempler, par-delà l'apparence changeante des choses, un au-delà plus intense. Peut-être faut-il boire à la source brûlante et enivrante de la divinité pour fondre les couleurs des sens en une aussi blanche incandescence. Peut-être le bonheur terrestre est-il plus intense pour les flammes de l'enfer qui font signe.

Quant à la vie quotidienne à laquelle aspire Maragall, elle semble aussi d'une autre époque. Cela m'a frappé un jour que je bavardais avec un Catalan, à Majorque, au retour d'une course en montagne dans l'est de l'île. Nous contemplions ensemble la mer à laquelle le couchant donnait une teinte violette. Les voiles des bateaux de pêche qui rentraient au port avaient le jaune pâle des primevères et dans notre dos les collines étaient d'un bleu intense de pyrite. Par la fenêtre de la cabane d'adobe à côté de nous s'échappait une odeur de poivrons et de tomates grésillant dans l'huile d'olive et le bruit étouffé d'œufs que l'on bat en omelette. Nous avions les pieds en compote, notre estomac criait famine et nous parlions des femmes et de l'amour. En fin de compte, disait mon compagnon, le plus important, c'était le mariage. Bien sûr, les femmes, leur corps, leur âme, leur amour, c'était merveilleux, mais seule comptait vraiment la vie de famille, un foyer, des enfants. La famille était la chaîne immortelle à laquelle s'accrochait la vie. Et il me récita ce quatrain, après avoir annoncé avec cette fierté respectueuse qu'éprouvent les latins face à la création artistique, « C'est de notre plus grand poète, Joan Maragall » :

Canta esposa, fila i canta
Que el patí em faras suau
Quand l'esposa canta i fila
El casal s'adorm en pau.

J'eus un peu de mal à lui faire comprendre que, nous, les Anglo-Saxons, nous penchions de plus en plus vers l'affirmation de l'individualité de chacun, que pour nous la famille n'existait plus en tant qu'unité sociale et que d'autres modèles de cohésion se dessinaient.

Il m'interrompit. « Je veux tout autant que Byron être libre, avoir ma liberté d'action et de pensée. » Il se tut quelques instants avant de reprendre : « Mais je veux une femme et des enfants. Je veux une famille à moi. »

A ce moment, la jeune fille qui préparait le repas passa la tête par la fenêtre et nous annonça dans son doux parler majorquin que le dîner était prêt. Elle avait les joues rouges et son foulard bleu vif, noué sous son menton, donnait une forme triangulaire à son visage plein à la peau mate qui la faisait ressembler à une Vierge du Greco. Sa position penchée mettait en valeur ses seins, qui semblaient sculptés dans le marbre sous son léger châle gris. Elle avait un regard gris-vert d'une infinie tranquillité et je pensai à Pénélope, assise près de son métier à tisser dans la salle aux chevrons enfumés, ses yeux gris fixés sur la mer. Je compris alors, temporairement, ce qu'avait voulu dire le Catalan en parlant de la famille comme une chaîne à laquelle les vies étaient accrochées et le sens de l'éloge lyrique de la femme au foyer par Maragall :

Quand l'épouse chante en filant
La maisonnée s'endort en paix.

Des volutes de fumée bleue montaient des cheminées des cabanons de pêcheurs sur la plage. Un murmure de voix ensommeillées, pareil au babil des moineaux dans le parc d'une ville au crépuscule, couvrait le clapotis de la houle sur la coque des bateaux. La journée se dissolvait lentement dans une intemporalité absolue. Et lorsque émergea de la mer obscure le dernier bateau de pêche, avec sa voile oblique soudain repliée comme les ailes d'une mouette qui se pose, le visage cuivré de l'homme à l'avant était celui d'Odysseus rentrant à Ithaque. Ce n'était pas la continuité des vies humaines que j'éprouvais, mais leur unité. Sur cette plage-là, au bord de cette mer-là, le temps avait disparu.

Pendant que nous mangions, dans cette pièce aux murs blanchis à la chaux éclairée par trois lampes de cuivre fonctionnant à l'huile d'olive, je m'aperçus que mon argument ne tenait pas. Qu'est-ce qu'un étranger comme moi, venu de contrées barbares, pouvait bien apprendre sur la vie à l'homme qui m'avait enseigné à la fois le système et la rébellion ? Et me voilà, moi qui considère les poèmes de Coventry Patmore et de Ella Wheeler Wilcox vantant l'amour conjugal comme des tue-l'amour, obligé de m'incliner devant les riches cadences par lesquelles Joan Maragall le Catalan, poète méditerranéen, célèbre la *familia*.

Dans l'œuvre de Maragall, c'est toujours la Méditerranée qui est présente, la Méditerranée et les hommes qui ont navigué sur ses flots dans des navires noirs aux éclatantes voiles pointues. De même qu'en lisant Homère, Euripide, Pindare, Théocrite et ce kaléidoscope fascinant qu'est l'Anthologie grecque – si l'on fait abstraction de la grammaire et des notes et des textes allemands navrants – on perçoit le rythme des vagues et l'odeur des navires calfatés débarquant sur des plages écrasées de soleil, de même chez Maragall, par-delà sa vie sans histoire d'homme de lettres, par-delà la femme, les enfants et les pompeuses prises de position en faveur d'une liberté de principe, on entend la mer battre le pied rocheux des Pyrénées, présente et dangereuse.

Alors qu'aujourd'hui nous, les Américains, écumons la planète en quête de fleurs, de graines et de ferments de littérature, dans l'espoir peut-être vain de couvrir notre mince couche d'humus d'un fumier riche et varié, prêt à la fertiliser, et de voir les plantes souffreteuses de notre culture reverdir et pousser, pleines de sève, à travers le ciment et l'acier qui nous empêchent de vivre, nous ne devons pas oublier ces terres du nord-ouest méditerranéen où la langue d'oc est restée aussi savoureuse et concise que du temps de Peire Vidal*, dont les rythmes intrinsèquement méditerranéens retrouvent actuellement une nouvelle vie – une poésie riche, lucide et ordonnée.

C'est aux Catalans des cinquante dernières années qu'a échu la rame qu'Odysseus, le rusé marin, a consacrée à Poséidon, l'Ebranleur de la Terre, lors de son dernier voyage. Et Maragall est le premier d'entre eux.

---

* Troubadour du XIIe siècle. D'origine toulousaine, il fut un protégé du roi Alphonse II d'Aragon. (NdT).

XIII

Conversation au bord de la route

En haut des marches, Télémaque tomba sur un homme assis, la tête dans les mains, qui ne cessait de gémir *¡Ay de mí!*

« Excusez-moi », dit-il d'un ton gêné en essayant de l'éviter.

« Vous étiez à la soirée ? » L'homme leva vers lui des yeux noyés de larmes. Il avait un visage jaunâtre rasé de près, sauf au niveau du menton, bleui par l'ombre d'une barbe et une petite moustache cosmétiquée qui avait perdu pour l'heure tout son panache dans la mesure où il avait les deux pointes dans sa bouche.

« Quelle soirée ?

— Au théâtre... Je suis un artiste, un acteur. » Il se mit sur ses pieds et tenta de rendre forme à sa moustache. Puis, bombant le torse, il ajusta son gilet, ce qui fit tinter sa chaîne de montre, et invita Télémaque à boire un café.

Ils s'assirent à la table de chêne noire devant le feu. L'acteur lui raconta qu'une douzaine de spectateurs seulement assistaient à son spectacle. Comment pouvait-il gagner sa vie s'ils ne venaient pas plus nombreux ? Et la veille du Carnaval, de surcroît, alors que d'habitude il y avait foule... Il avait appris une nouvelle chanson exprès pour l'occasion, mais c'était donner de la confiture à des cochons. C'était trop bien pour ces provinciaux.

« Ici, en Espagne, le spectacle est mort, mort ! gémit-il.

— Comment ça, mort ?

— La *zarzuela*, c'est terminé. Il est bien fini, le temps des grands compositeurs de *zarzuela*. Quand je pense aux *zarzuelas* de l'époque de mon père ! Quelle gaîté, quelle légèreté, quelle musique ! Mon père était un grand ténor. Une voix merveilleuse... Les grands interprètes de *zarzuelas* ont mené une vie de prince. Je le sais, j'ai connu ça quand j'étais petit. Et regardez-moi aujourd'hui ! »

Télémaque se disait que l'acteur, avec sa silhouette frêle et son teint anémique, n'était vraiment pas à sa place dans cette cuisine immense aux meubles massifs et sombres et aux odeurs fortes. Les poutres noires du plafond, couvertes ici et là d'un enduit rouge, étaient hérissées de crochets auxquels pendaient des jambons, des saucisses et des chapelets d'ail. La table à laquelle ils étaient assis consistait en une épaisse planche de chêne posée sur de gros tréteaux et noircie par la fumée et par tout ce qui avait été renversé dessus depuis des générations. Une marmite de cuivre pleine de suie était accrochée au-dessus du feu, toute graisseuse à l'endroit où la soupe avait débordé. En se penchant pour alimenter le feu avec du petit bois, on pouvait apercevoir, en haut du conduit, une ouverture sombre où scintillaient des étoiles. Près de la cheminée, le *padrón* à moitié endormi surveillait d'un œil la cafetière, sa grande carcasse pliée en deux, la tête enveloppée d'un foulard de soie.

« C'était une vie élégante. On voyageait beaucoup, poursuivit l'acteur. L'Amérique du Sud, Naples, la Sicile et toute l'Espagne, bien sûr. Il y avait sans cesse des dîners, des réceptions en tenue de soirée... Les dames de la haute société venaient nous féliciter... Moi, je jouais tous les rôles d'enfant. Quand j'ai eu quatorze ans, une duchesse est tombée amoureuse de moi. Et voyez l'allure que j'ai maintenant, dépenaillé, affamé, incapable de remplir un théâtre dans ce trou perdu.

Moi, je vous le dis, personne n'aime plus notre art en Espagne. Ce que les gens veulent, ce sont des spectacles venus de l'étranger, des comédies musicales viennoises, des grivoiseries parisiennes...

— Cognac ou rhum dans le café ? », rugit soudain le *padrón* de sa grosse voix en ôtant la cafetière du feu.

« Cognac, répondit l'acteur. Il est dégueulasse, ce café... » Il renifla avec énervement en versant du sucre dans son verre.

Le vagissement d'un bébé monta soudain d'un coin de la cuisine plongé dans l'obscurité.

L'acteur fit mine de s'arracher les cheveux.

« *Ay*, mes nerfs, mes nerfs ! », cria-t-il d'une voix aiguë. Le nourrisson poussait maintenant des hurlements et semblait près de s'étouffer de colère. L'acteur bondit sur ses pieds. « *¡ Dolóres, Dolóres, ven acá* ! »

Il dut réitérer son appel plusieurs fois avant qu'une jeune fille ne pénètre pieds nus dans la pièce. Encore toute ensommeillée, elle se tint immobile devant lui, dans la lueur du foyer, les paupières lourdes. Une mèche de cheveux noirs descendait sur sa gorge ronde et s'étalait sur ses seins. Elle avait enroulé une couverture autour de ses épaules, mais par une déchirure de sa chemise de nuit en tissu grossier, le feu posait sur la peau brune de sa cuisse une lueur rouge en forme de pétale de rose.

« *¡ Qué desvergonza'a !* marmonna le *padrón*. Quelle impudeur ! »

L'acteur la réprimandait vertement, sa voix montant dangereusement dans les aigus. Immobile, la jeune fille l'écoutait en silence, les lèvres serrées pour empêcher ses dents de claquer. Au bout d'un moment, toujours sans un mot, elle alla chercher le bébé dans le carton d'emballage où il était couché. Serrant la couverture autour d'elle et de l'enfant, elle revint s'accroupir sur ses talons tout près du feu, ses pieds nus dans les cendres. Une fois le bébé calmé, elle se tourna vers l'acteur et lui sourit de ses lèvres pleines. « Ce n'est rien, Paco, dit-elle. Il n'a même pas faim. C'est toi qui l'as réveillé en parlant fort, ce petit ange. »

Elle se remit debout et, avec une infinie dignité, se mit à marcher lentement de long en large au fond de la pièce, l'enfant contre son sein. Chaque fois qu'elle faisait demi-tour, elle se déhanchait soudain pour ramener à elle la couverture qui traînait par terre.

Télémaque l'observait à la dérobée tout en humant l'arôme brûlant de son café arrosé de cognac et, lorsqu'elle se retournait, il sentait ses muscles se contracter sous l'effet d'une joie intense.

« *Es buena chica...* C'est une gentille fille, disait l'acteur. Elle est de Malaga. Je l'ai ramenée de là-bas. Elle n'a pas inventé la poudre, mais de nos jours, il ne faut pas trop... » Il haussa les épaules. « Elle danse bien, mais elle n'a pas la faveur du public. *No tiene cara de parisiana.* Elle n'a pas le style parisien... Enfin, aujourd'hui, *vamos,* il ne faut pas faire la fine bouche. Je vais vous dire, c'est ce goût pour le théâtre français, les femmes françaises, la cuisine française, qui a tué le théâtre espagnol. »

Dans la cheminée, le feu crépitait. Télémaque sirotait son café, guettant le moment intolérablement délicieux où la jeune fille se déhancherait pour faire demi-tour à l'autre extrémité de la pièce avant de revenir vers lui.

XIV

Le Madrid de Benavente

Toutes les allées de gravier de la Plaza Santa Ana étaient encombrées de chaises d'osier. Dans un angle, sept musiciens aveugles alignés en rang d'oignons, des violonistes aux guitaristes en passant par le violoncelliste et un lugubre cornet à pistons, donnaient une interprétation asthmatique du *Beau Danube bleu.* Dans un autre, un vieillard tout fripé, un singe vêtu de soie rouge sur l'épaule, jouait *La Paloma* sur un orgue de Barbarie. La lumière jaune des cafés qui bordaient la place, noyés dans la fumée des cigarettes, éclairait horizontalement le jet d'eau de la fontaine placée au milieu du jardin. Des gavroches dépenaillés se trempaient les pieds dans le bassin boueux tout en s'éclaboussant et s'ébattaient dans l'herbe comme de jeunes chiots. Des cafés, des tables et des fauteuils d'osier montait tout un brouhaha, le tintement des verres, le son mat des dominos, le bruit des conversations, l'écho des pas des serveurs affairés, les cris des vendeurs de crevettes, de gambas, de frites, de pastèques et de noix diverses enveloppés dans des cornets de papier jaune, rouge ou vert. Un rayon de lumière illuminait la table ronde ocre jaune à laquelle j'étais installé, jouait sur le bord des deux chopes de bière et allumait un éclat dans le regard de l'homme barbu qui me faisait face. Son visage au nez aquilin penché vers moi, il me racontait d'une voix grave, dans son castillan légèrement chuintant, des histoires sur Madrid. Sur le Madrid de Philippe IV, d'abord : les corridas sur la Plaza Mayor, les *auto da fé,* les tableaux de Vélasquez que l'on pouvait voir sous les arcades, à l'endroit où se trouvait maintenant un marchand de beignets, les carrosses peints en rouge vermillon et bleu de cobalt et couverts de dorures, transportant des dames aux encombrantes robes de brocart et de tissu damassé, les cavaliers emplumés, les pages au regard fureteur se frayant un chemin dans les rues, enfoncés jusqu'aux chevilles dans la boue nauséabonde ; les pièces de Calderón et Lope de Vega, jouées dans des jardins où les dames de la cour se cachaient derrière leurs éventails en plume d'autruche pour flirter avec leurs amants au visage mince et à l'allure raide, parmi le tintinnabulement des bijoux et des chaînes d'épée. Ensuite, le Madrid de Goya : émeutes à la Puerta del Sol, *majas* penchées au balcon, fête de San Isidro au bord de la rivière, fuite précipitée de bandes de guérilleros, de brigands et de patriotes en haillons ; marche des grenadiers de Napoléon au cou raide ; petits hommes pompeux et perruqués mourant le *Dos de Mayo* en murmurant des phrases de Mirabeau sous l'arche de brique de l'arsenal ; réjouissances débridées de l'Enterrement de la Sardine ; dos nus ensanglantés de flagellants, amants se dissimulant sous les robes à cerceau de la reine. Le Madrid romantique des années trente, enfin, celui des Larra, des Becquer, des Espronceda*, des attitudes à la Byron, des veilles dans les cimetières, des duels, des allées et venues dans les allées bordées de buis du Retiro, des jeunes gens pâles en bas blancs se suicidant d'un coup de pistolet

* Trois poètes de la génération des romantiques espagnols. Né en 1809, Mariano José de Larra, qui était aussi journaliste, se suicida en 1837. Gustavo Adólfo Becquer (1836-1870) était également auteur de contes et de légendes. José de Espronceda (1808-1842) écrivit des pièces de théâtre. (NdT).

sous les toits de la Calle Mayor. « Et maintenant, regardez ce qu'est devenu Madrid, poursuivit la voix, soudain remplie de colère. Le Café Suizo a fermé, on construit un métro, la Castellana ressemble de plus en plus aux Champs-Elysées... Tout ce qui reste du vrai Madrid s'est réfugié sur la scène des théâtres. Benavente est le dernier *madrileño. Tiene el sentido de lo castizo.* Il a le sens du... » Et là-dessus, nous avons passé le reste de la soirée à discuter de la traduction du fameux terme *castizo.*

L'existence même de ce terme dénote un sens aigu du style, de la façon de faire les choses. Comme tous les mots de quelque importance, il n'a pas un sens figé, mais peut être interprété selon toute une gamme de nuances. En premier lieu, il semble signifier « authentique » : une phrase bien tournée, un rythme purement castillan, sont « *castizos* » ; un gâteau ou un poème conformes à la tradition, aussi, tout comme un compliment joliment tourné ou le grand manteau de la bonne ampleur, doublé comme il convient de velours rouge, élégamment jeté sur les épaules à la sortie d'un café. *Lo castizo,* c'est l'essence du régional, du local, le dernier bastion de l'arrogance castillane qui renvoie non pas à la coquille vide des pratiques traditionnelles, mais à l'attitude qui les fonde. En dernier ressort, *lo castizo* recouvre tout ce qui a du sel, tout ce qui a la saveur des collines jaunes et rouges, des plaines nues, des *arroyos* profonds, des villes couleur de terre aux nombreux palais et clochers, des mendiants enveloppés dans des manteaux couleur tabac, des muletiers avec leur couverture sur les épaules, des messieurs au visage mince qui refont le monde autour des tables des cafés et des cercles, des douairières imposantes qui vont à la première messe, tenant un missel dans leurs mains potelées, leur chevelure noire et brillante couverte d'une mantille, bref tout ce qui est profondément typique, profondément ibérique, dans la vie des Castillans.

Face au flot d'industrialisme qui, depuis une vingtaine d'années, noie les bornes-frontières et met le monde entier au même niveau de platitude nickelée, le théâtre madrilène est resté le dernier refuge de *lo castizo.* Il a toujours été un théâtre naturaliste, fondé sur l'observation et la description des mœurs, des coutumes et des caractères locaux, destiné à un public déjà bien rôdé à la satire dans les conversations, qui réagit au quart de tour à chaque bon mot. Cette tradition est plus proche du théâtre yiddish que de toute autre forme théâtrale que nous connaissons aux Etats-Unis. Jacinto Benavente et les frères Quintero * sont les auteurs les plus caractéristiques de cette école dont la vogue a succédé au genre du *drame passionnel* ** d'Echegaray *** . Actuellement directeur du *Teatro Nacional,* Benavente est sans conteste la figure de proue de cette forme théâtrale et il est donc parfaitement naturel que dans sa vie comme dans son œuvre, il soit le plus *castizo* de tous les *madrileños.*

Un peu plus tard, tandis que nous buvions un verre de lait à *La Granja* après avoir assisté à l'*Apollo* à la représentation d'une opérette tristounette de la troisième génération, mon ami continua à m'instruire sur le style de vie du *madrileño* en général et de Don Jacinto Benavente en particulier. Levé sur le coup de onze heures ou de midi, il buvait une tasse de chocolat épais avant de faire une promenade sous les châtaigniers de la Castellana ou d'aller jeter un œil à son bureau du théâtre. A quatorze heures, déjeuner. Quinze heures était l'heure du café ou de l'anisette au *Gato Negro,* où les garçons ont des airs de ministres et ne perdent pas

---

* Serafín et Joaquín Alvarez Quintero (1871-1938) (1873-1944). Ils ont notamment écrit des saynètes de la vie quotidienne. (NdT).

** En français dans le texte. (NdT).

*** José Echegaray (1832-1916). Mathématicien de formation, il est l'auteur d'un grand nombre de pièces à la construction rigoureuse. (NdT)

une miette des interminables conversations sur l'art et la littérature. Quand arrivait dix-sept heures, c'était le moment d'assister à une matinée, si par hasard on jouait une nouvelle pièce, ou de boire le thé quelque part dans le nouveau quartier à la française, le Barrio de Salamanca. Après le dîner, qui avait lieu vers vingt et une heures, Benavente se rendait directement au théâtre, pour voir si la représentation du soir se passait bien. Vers une heure du matin, la journée se finissait en beauté, par une *tertulia* – une réunion animée – au *Café de Lisboa*, où toute la ville se retrouvait, discutait, dissertait, se disputait et écoutait des épigrammes autour de tables encombrées de tasses de café, dans l'odeur âcre de la fumée des cigarettes.

« Mais quand trouvait-il le temps d'écrire ses pièces de théâtre ? », demandai-je.

Mon ami se mit à rire. « Disons, entre deux points-virgules, dit-il. Et aussi *en route* *, dans son lit, en se rasant. Ici, à Madrid, on écrit une pièce de théâtre tout en prenant son petit déjeuner... Et maintenant que le métro a ouvert, c'est une bénédiction : je connais un jeune poète qui a torché une tragédie en cinq actes, psychologie sexuelle et tout, entre *Puerta del Sol* et *Cuatro Caminos !* »

---

* En français dans le texte. (NdT).

Il s'interrompit quelques instants, puis reprit d'un ton navré : « Mais Madrid n'est plus ce qu'elle était, du moins du point de vue de *lo castizo.* Les gens de la dernière génération ne voyaient la lumière du jour qu'au crépuscule et à l'aube, ils allaient se battre en duel là où s'élève maintenant la *Residencia de Estudiantes,* et leurs *tertulias* étaient de vraies *tertulias,* des conversations où ils croisaient le fer, n'épargnant rien et riant de tout, comme notre héros national, Don Juan Tenorio.

> « *Yo a las cabañas baje,*
> *yo a los palacios subí*
> *y los claustros escalé*
> *y en todas partes déjé*
> *memorias amargas de mí* *. »

On parlait de tout, des cabanes des paysans comme des palais des duchesses carlistes et Dieu sait que le clergé en prenait pour son grade. Et comme ce bon vieux Tenorio, ils se fichaient pas mal que leurs parties de rigolade laissent des souvenirs amers. Ils préféraient attendre d'être sur leur lit de mort pour redevenir sérieux et se réconcilier avec le Ciel. Mais notre génération est née sérieuse... Sauf les gens de théâtre ! Nous

* Tiré de l'acte I du *Don Juan Tenorio* de José Zorrilla. (NdT).

autres, les gens de théâtre, nous serons *castizos* jusqu'à notre mort ! »

Au moment de quitter le café, moi pour aller me coucher, lui pour se rendre à une autre *tertulia*, mon ami se retourna et contempla quelques instants les tables et les verres.

« Ce que l'Agora était aux Athéniens... », dit-il en concluant sa phrase par un geste éloquent de la main.

Il est difficile pour des Anglo-Saxons, aussi méfiants vis-à-vis de leurs voisins que s'ils vivaient encore dans les forêts marécageuses de Finlande et citadins depuis trente malheureuses générations, de comprendre le côté extraverti et le mode de vie collectif des Méditerranéens. La première chose que ces gens font en se levant, c'est d'aller voir dehors ce qui se passe et leur dernier geste avant de se coucher est d'aller bavarder avec les voisins des événements de la journée. La notion de chez-soi, au sens fermé et exclusif du terme, n'existe pratiquement pas. Le foyer nordique est remplacé ici par la cour, où les femmes s'installent pendant que les hommes sont au marché. En Espagne, la vie sociale se concentre sur le café et le cercle. Le théâtre tel qu'il existe aujourd'hui est directement issu du café, tout comme le théâtre d'autrefois était issu de la place du marché, où les gens se réunissaient face au porche de l'église pour voir un interlude ou un mystère joué par une troupe d'acteurs ambulants. Les gens qui écrivent les pièces, ceux qui les jouent et ceux qui en sont les spectateurs passent leurs loisirs attablés à boire du café et à discuter en fumant. Ceux qui n'ont pas de quoi s'offrir une consommation restent ensemble dehors, au soleil de la place. A discuter sans cesse sur ce qui peut arriver, ou qui vient d'arriver, ou qui va arriver, on tartine la vie quotidienne d'une bonne couche de passion, de sens et de pensée, mais on n'a plus d'intensité à se mettre sous la dent. Il n'y a pas de place pour les ruptures de barrage qui inondent soudain le canal asséché des émotions chez des peuples plus inhibés, moins civilisés. Des générations et des générations de citadins ont fait de l'existence un canal bien drainé, fluide et en quelque sorte sans profondeur.

Dans ces conditions, le théâtre sera bavard, spirituel, improvisé, facile et sachant manier la caricature ; au pire, il tombera dans la facilité. De l'action spectaculaire, souvent ; de la tension brûlante, jamais ou presque. Chez Echegaray, ce ne sont qu'hécatombes, et généralement la moitié des personnages sombrent dans la folie au dernier acte ; on aboie beaucoup, mais on n'a pas grand-chose d'intense à se mettre sous la dent. Benavente, lui, a retrouvé un peu de l'extraordinaire progression dramatique d'un Lope de Vega. Les comédies domestiques des frères Quintero sont pétillantes et pleines de tendresse et de fantaisie. Mais ce théâtre fait preuve d'une trop grande facilité d'expression. Il lui manque l'insupportable tension, cette façon de tout faire oublier qui est la marque des plus grands. Le théâtre espagnol joue sur les nerfs et sur l'intelligence au lieu de faire vibrer les cordes tendues de la vie sur la magnifique harpe de l'émotion.

Aujourd'hui, à Madrid, même la fréquentation des cafés recule devant les exigences du business et cette malencontreuse manie d'imiter les Anglais et les Américains. L'Espagne est en train de changer, à l'extérieur, dans ses relations avec le reste de l'Europe et avec l'Amérique latine, comme à l'intérieur. Nonobstant la prospérité et la croissance qu'a connues Madrid en temps de guerre, la ville cède rapidement du terrain en tant que centre de la vie et de la pensée hispanophones. Le *Madrileño*, ce personnage maigre, cynique, peu scrupuleux, noctambule, explosif et doté d'un étrange humour fébrile, est en voie de disparition. Son théâtre commence à sacrifier au goût étranger, à avoir honte de ce qu'il est, à revêtir les habits de la respectabilité et à se faire lourd. Le prix des places, resté très bas jusqu'en 1918, ne cesse de monter depuis. Les artisans, les apprentis, les traîne-savates, les employés et les concierges qui constituaient l'essentiel de son public ont dû renoncer à se l'offrir et se tournent maintenant vers le cinéma. Les directeurs de théâtre essayent d'attirer les gens à la mode en investissant dans les décors et les costumes. Il est désormais convenable pour les femmes de se montrer au théâtre. Les pièces de Benavente sont donc à la fois le résumé et l'expression majeure d'un mouvement qui a déjà atteint son apogée et dans lequel la sève a cessé de circuler. Il est bien vu en effet de les dénigrer pour ce qui fait leur charme même, cette expression imagée de l'essence de la vie madrilène, de ces conversations dans les cafés, animées et pleines d'un humour mordant : *lo castizo*.

La toute première pièce de Jacinto Benavente que j'ai vue s'appelait *Gente Conocida*. A l'époque, je comprenais à peu près un mot d'espagnol sur dix et j'avais dû me contenter de suivre vaguement l'action, mais j'avais été frappé de constater que dès le lever du rideau, les personnages sur la scène étaient le reflet de ceux qui m'entouraient dans la salle, jusqu'à la moindre phrase, la moindre intonation. A la fin du premier acte, une dame à la poitrine imposante, vêtue de soie noire, se rejeta en arrière sur son siège en poussant un soupir d'aise. « *Qué castizo es este Benavente* », dit-elle en accompagnant cette constatation de gloussements approbateurs. Sur le moment, la raison profonde de son enthousiasme m'échappa, mais je la compris beaucoup plus tard, lorsque ma meilleure connaissance de la langue me permit de lire la pièce dans le texte. Je m'aperçus alors que c'était une analyse au vitriol du mode de vie de l'entourage même de cette douairière, une démonstration du comportement prédateur et malveillant des « personnalités ». Or cette dame de la bonne société, qui dans un autre pays aurait été outrée, était ravie au spectacle de l'anéantissement des gens de son milieu. C'est à cette façon de jouer le jeu, d'accepter de bonne grâce d'être brocardé, voire maltraité, qui huile les rouages des échanges sociaux, que l'œuvre de Benavente doit sa popularité. Dans ma méthode Hugo d'apprentissage de l'espagnol (Dieu me pardonne !), on cite un proverbe selon lequel le vent madrilène est si subtil qu'il peut tuer un homme sans éteindre une chandelle *. La formule pourrait s'appliquer

* Il s'agit en l'occurrence d'une lampe à huile (*candil*). (NdT).

aux meilleures comédies satiriques de Benavente :

El viento de Madrid es tan sutil
Que mata a un hombre y no apaga un candil.

De la rive opposée du Manzanares, le maigre cours d'eau vaseux que l'on aperçoit généralement à peine sous les cordes à linge où ondoient les sous-vêtements de tout Madrid, on peut retrouver presque intégralement, sous certains éclairages, la silhouette de la ville telle que Goya l'a dessinée et redessinée : des grumeaux de maisons au stuc écaillé, montant au flanc aplati d'une colline vers le dôme de San Francisco El Grande, puis la ligne d'horizon ondulée, avec ses coupoles et ses clochers qui se découpent sur le clair-obscur d'un ciel chargé de nuages. Peut-être à ce moment un rayon de soleil va-t-il balayer la centrale électrique, le panneau sur le mur du hangar d'une biscuiterie et la rangée d'immeubles blancs en bordure nord de la ville et alors ce ne sera plus Madrid la crasseuse, Madrid l'aborigène, qui brillera au-delà des ombres bleues et de l'éclat crémeux du linge pendu aux cordes, mais une typique cité européenne de l'ère industrielle. Ainsi en ira-t-il dans quelques années du Madrid moderne, de la vie des cafés, des théâtres et des *paseos*. Et parfois, dans une cafétéria à distributeurs automatiques, un salon de thé élégant où il sera interdit de fumer, à moins que ce ne soit dans un restaurant étincelant copié sur le modèle de ceux de Buenos Aires, un lecteur de Benavente saisira au vol une vieille intonation, une réponse du tac au tac, une harangue bruyante et ampoulée et, dans un moment de grâce, sera à même de saisir ce que signifie pleinement cette notion alors tombée dans l'oubli : *lo castizo*.

XV

Conversation au bord de la route

Le lendemain matin, le soleil tapait gentiment. Télémaque marchait à grandes enjambées, un vent frais dans les cheveux, le goût du café au lait et des *churros** croustillants encore dans la bouche ; sous ses pas, le gravier de la route rendait un agréable son mat. Derrière lui, la petite ville était nichée dans la plaine brune rayée d'émeraude. Les toits se serraient les uns contre les autres à l'ombre protectrice du clocher dont la silhouette se découpait, de plus en plus fine et sombre, sur les nuages vaporeux qui, au nord, chevauchaient la montagne en rangs serrés. Des corbeaux voletaient dans les champs en pente où progressaient ici et là les silhouettes brunes d'un homme et de

* Beignets. (NdT).

deux mules. A un tournant de la route, une paire de pies étaient posées sur les fils télégraphiques et à chacun de leurs mouvements, le soleil se reflétait sur les taches blanches de leurs ailes. Télémaque se sentait reposé et content de lui.

« Après tout, ma mère est meilleur juge, pensait-il. Je vais voir arriver cet insensé de Lyaeus dans une huitaine de jours à Tolède. »

Un peu avant midi, il tomba sur le même Don Alonso qu'il avait rencontré la veille à Illescas. Don Alonso était allongé sous un olivier, une longue saucisse rouge à la main, une miche de pain et une flasque de vin gainée de cuir posées à sa portée sur le gazon. Le cheval gris était attaché à l'arbre, dont il mordillait l'écorce de ses longues dents.

« *Hola*, mon ami ! s'écria Don Alonso. Toujours en route pour Tolède ?

— Quand pourrai-je y être, d'après vous ?

— Vous y serez à temps pour voir le coucher de soleil sur le château de San Servando. Je vous accompagne. Vous allez aussi vite que ma vieille rosse. Mais faites-moi l'honneur de partager mon repas. Vous devez avoir faim. » Sur ces mots, Don Alonso tendit à Télémaque la saucisse ainsi qu'un couteau.

« Vous avez dû démarrer dès l'aurore. »

Ils mangèrent le pain et la saucisse à laquelle le piment doux donnait une couleur rouge vif, en les arrosant de temps à autre du vin qu'ils buvaient à même la flasque.

Don Alonso agita ses longs doigts gris qui tenaient un bout de saucisse glissé entre deux morceaux de pain.

« Voyez-vous, mon ami, dit-il, vous êtes en ce moment en plein cœur de la Castille. Rien que des chênes verts le long des ravins et des terres à blé sous un ciel fabuleux. Où voit-on ailleurs un ciel aussi immense ? A Madrid, on ne voit pas beaucoup le ciel, non ? Dans votre pays non plus, je suppose. Regardez-moi les volutes de ces nuages ! Voilà un cadre digne de pensées puissantes comme les cumulus blancs au-dessus de la Sierra, celles qui viennent à l'esprit de ces hommes minces, à la peau tannée, au pas allongé. » Don Alonso pointa le doigt vers son grand front jaune. « La Castille possède un potentiel de beauté, mon ami, quelque chose d'humain, de tolérant, de vigoureux, de robuste... Je ne dis pas qu'il est en moi. J'ai simplement le mérite de l'identifier, de le formuler, car je suis un simple penseur... Mais un jour viendra où nous verrons cette terre rude fleurir et porter des fruits. »

Don Alonso rejeta la tête en arrière contre le tronc tordu de l'olivier, ses lèvres minces étirées en un sourire, puis il sauta sur ses pieds. Il farfouilla un moment dans le petit havresac qu'il portait sur l'épaule, en sortit d'un air distrait une poignée de petites sucreries blanches en forme de meule qu'il contempla quelques instants avec étonnement.

« Finalement, reprit-il, on fait d'excellentes friandises dans ces vieux bourgs de Castille. Celles-ci s'appellent *melindres.* Prenez-en une... C'est ce qu'on donne aux enfants quand on veut être gentil avec eux.

— Il est vrai que les petits Espagnols sont gâtés, dit Télémaque, la bouche pleine de massepain. Pas de doute, on aime les enfants, dans votre pays. »

Une carriole tirée par quatre mules en tandem, avec à leur tête un âne minuscule à l'encolure ornée de trois rangs de perles bleues, passait en tintinnabulant sur la route. La bâche était mise et le conducteur ne signalait sa présence que par les notes endormies d'un chant monotone que la voiture laissait dans son sillage, en même temps qu'un nuage de poussière. Tandis qu'ils la regardaient s'éloigner cahin-caha, la bâche s'écarta et un visage cramoisi en jaillit. « Salut, Tél ! », lança une voix.

« C'est Lyaeus ! », s'écria Télémaque. Il se précipita vers la carriole, impatient d'entendre son compagnon lui raconter ses aventures.

Sur un cri rauque du conducteur, l'équipage s'arrêta dans un tintement de clochettes et Lyaeus sauta de la voiture. Ses cheveux étaient emmêlés et du foin parsemait ses vêtements. Il rentra aussitôt la tête à l'intérieur. Lorsque Télémaque le rejoignit, la carriole poursuivait sa route et Lyaeus était planté au milieu de la route, mal réveillé, mais tout sourire, une outre de vin dans une main et un sac de toile dans l'autre.

« Eh bien ! s'écria Télémaque.

— J'ai des figues et du vin », dit Lyaeus. « Je m'étais endormi dans la carriole, ajouta-t-il en guise d'explication, au moment où Don Alonso les rejoignait, tenant son cheval gris par la bride.

— Mais encore ?

— C'est une longue histoire. »

Tout en marchant à leurs côtés, Don Alonso se mit à réciter à l'oreille de son cheval :

Sigue la vana sombra, el bien fingido.
El hombre está entregado
al sueño, de su suerte non cuidando,

y con paso callado
el cielo vueltas dando
las horas del vivir le va hurtando *.

« De qui est-ce ? interrogea Lyaeus.

— La succession des nuits et des jours grignote les heures de sa vie..., dit Don Alonso. Mais qui sait, peut-être que comme vous, notre Espagne gagne autant de terrain en dormant qu'en état de veille. Qu'est-ce qu'un jour ? Le conducteur ronfle, mais les braves mules continuent leur petit bonhomme de chemin. »

Puis, sans rien ajouter, il sauta sur son cheval, leur adressa un sourire et un signe de la main et s'éloigna au petit trot.

---

* Ces vers sont extraits de *Noche Serena*, de Fray Luis de León (1528-1591). Ce moine fut l'un des grands poètes du Siècle d'or. (NdT).

XVI

Un enterrement à Madrid

Doce días son pasado
después que el Cid acabára
aderézanse las gentes
para salir a batalla
con Búcar ese rey moro
y contra la su canalla.
Cuando fuera média noche
el cuerpo así como estaba
le ponen sobre Babieca
y el caballo lo ataban *.

* Extrait du *Romancero del Cid*, poème anonyme, sans doute du XIIIe siècle. (NdT).

1

Et quand l'armée sortit de Valence, les Maures du roi Búcar fuirent devant le cadavre du Cid et dix mille d'entre eux, dont vingt rois, périrent noyés en tentant de regagner leurs navires, et les chrétiens trouvèrent tant d'or et d'argent dans leurs tentes que le plus pauvre devint un homme riche. Puis, le corps du défunt Cid toujours attaché sur son cheval, l'armée poursuivit sa route par les montagnes arides jusqu'à San Pedro de Cardeña, en Castille, où les attendait le roi Don Alfonso arrivé de Tolède et lui, voyant la beauté préservée du visage du Cid, avec sa longue barbe et son regard étincelant, donna l'ordre de ne pas l'enfermer dans un cercueil clouté d'or, mais de l'asseoir dans un fauteuil près de l'autel, son épée Tizona à la main. Et le Cid demeura ainsi plus de dix années.

Mandó que no se enterrase
sino que el cuerpo arreado
se ponga junto al altar
y a Tizona en la su mano;
así estuvo mucho tiempo
que fueron más de diez años.

Des gens skiaient un peu plus haut, sur le col. Il y avait des pelures d'orange sur la neige durcie de la route. Un victoria venait d'arriver, occupé par un couple bouffi, emmitouflé dans des fourrures.

« Où vont-ils comme ça ?

— Au Puerto de Navacerrada, répondit mon ami.

— En les voyant, on se dit qu'ils seraient mieux à prendre le thé chez Molinero plutôt que de patauger dans la neige...

— Sans aucun doute, mais c'est la vogue... les sports d'hiver... et tout ça parce qu'un petit bonhomme brun, mort il y a deux ans, aimait la montagne. Avant lui, les *Madrileños* ne s'étaient même pas aperçus que la Sierra existait.

— De qui parles-tu ?

— De Don Francisco Giner. »

A la tombée de la nuit, nous nous retrouvâmes en train de patauger dans les congères en descendant un contrefort embrumé du Siete Picos, gelés, trempés, le visage cinglé par la neige, avec pour unique guide les traces d'un troupeau de moutons. Sur le flanc de la montagne, un doigt de lumière orange marquait l'emplacement d'une cabane. Une fois à l'intérieur, nous ôtâmes nos chaussures et nos chaussettes et nous chauffâmes les pieds à un grand feu de cheminée autour duquel se pressaient des visages rougis, bouches ouvertes sur de grands rires, des écoliers et des gens de l'université qui criaient et déclamaient dans les arômes mêlés du thé et de la laine mouillée. Tout ce petit monde était en proie à l'excitation qu'apporte la chaleur après l'exercice dans l'air froid de la montagne et faisait un vacarme d'enfer, le sang aux joues. Un jeune blond frisé me raconta en français une histoire sur l'Empereur du Maroc et me montra une boîte de pâté de merles en provenance des réserves personnelles dudit personnage. Dans la cheminée d'inépuisables fontaines de thé gargouillaient dans une paire de bouilloires noires de suie. Au fond du refuge, parmi les ombres dansantes, les skis étaient empilés de chaque côté de la porte qui de temps à autre s'ouvrait, le temps de livrer passage à une nouvelle silhouette humide et blanche, puis se refermait sur les bourrasques de neige. Il régnait une atmosphère de folle gaieté. L'heure du train arriva si vite que nous dûmes dévaler en courant dans le noir, avec force glissades, les kilomètres de chemin rocailleux qui nous séparaient de la gare.

Dans les wagons de troisième classe du train, les voyageurs en route vers Madrid accompagnaient les secousses en chantant. Mon voisin me demanda si je savais que l'on devait à Don Francisco Giner la construction de cette cabane, destinée aux enfants de *l'Institución Libre de Inseñanza.* Petit à petit, il me raconta l'histoire des *Krausistas,* de Francisco Giner de los Ríos et de la révolution de 1873. En soi, cette histoire ne différait guère des autres dans le contexte du mouvement pour l'éducation qui avait marqué le XIXe siècle, mais elle avait quelque chose de si intimement espagnol, de si spécifiquement individuel, qu'elle répondit à bon nombre de mes interrogations et m'ouvrit des perspectives quant à l'origine de la mentalité très particulière que j'avais remarquée chez certaines de mes connaissances madrilènes.

Dans les années 1840, un professeur de *l'Universidad Central,* Sanz del Río, bénéficia d'une bourse d'Etat pour aller étudier en Allemagne. A l'époque, l'Espagne n'était pas sortie du coma intellectuel dans lequel l'avaient plongée l'échec des *Cortes* de Cadix et la restauration de Ferdinand VII *. Un peu plus de dix ans auparavant, Mariano José de Larra, le dernier grand révolté romantique, s'était suicidé par amour à Madrid. A Hei-

* En 1812, les *Cortes,* réunies à Cadix, établirent la première constitution libérale espagnole, que Ferdinand VII refusa lorsqu'il fut rétabli sur le trône en 1814. (NdT).

delberg, Sanz del Río trouva Krause*, le premier grand-prêtre à servir d'interprète entre Kant et le monde, en train de mourir. De retour en Espagne, il argua du fait qu'il avait besoin de prendre un peu de distance avec certains de ses problèmes pour ne pas reprendre ses cours à l'université. Il se retira à Illescas, la ville où l'on pouvait voir un autre étudiant, le San Ildefonso peint par le Greco, dans une pièce minuscule et si obscure, dit-on, que pour lire il devait s'installer sur une échelle, juste sous le vasistas. Il y vécut en reclus plusieurs années. Lorsqu'il regagna enfin le sein de l'université, ce fut pour refuser de faire la profession de foi politique et religieuse exigée par le Premier ministre de l'époque, un certain Orovio, ce qui lui valut d'être démis de ses fonctions avec plusieurs de ses collègues. Francisco Giner de los Ríos, qui était jeune alors et venait à grand mal d'obtenir un poste du fait de ses idées libérales, démissionna par solidarité avec les autres. En 1868, tous ces professeurs retrouvèrent leur poste lors de la révolution libérale, expression politique de ce mouvement. Jusqu'à la restauration des Bourbons en 1875, l'Espagne allait connaître

* Karl Christian Friedrich Krause (1781-1833). Philosophe allemand, disciple des post-kantiens Fichte et Schelling. (NdT).

une riche période de modernisation et d'européanisation.

De retour aux affaires, l'un des premiers gestes d'Orovio fut de publier de nouveau les décrets obligeant les enseignants à faire profession de foi. Giner, Ascárate, Salmerón et plusieurs autres furent arrêtés et transférés dans des forteresses éloignées quand ils protestèrent. Leurs amis se déclarèrent solidaires et perdirent leur poste, tandis qu'un certain nombre de professeurs démissionnaient de leur côté, ce qui priva d'un coup l'université de ses meilleurs éléments. Ils eurent alors l'idée de créer une université libre, entièrement financée par des fonds privés. Dès lors le nom de Giner de los Ríos serait indissociable de *l'Institución Libre de Inseñanza,* qui en quelques années allait donner naissance à une école primaire mixte. Aujourd'hui, il n'est pas une personnalité espagnole d'envergure qui n'ait été directement ou indirectement influencée dans son développement par ce vieil homme mince et chauve, à la barbe chenue, dont on retrouve la photo sur de nombreux bureaux.

... Oh, sí, llevad, amigos,
su cuerpo en la montaña
a los azules montes
del ancho Guadarrama,

écrivait à sa mort, en 1915, son élève Antonio Machado – Machado dont je dirai que de tous ses élèves, c'est celui dont le nom restera le plus longtemps dans l'histoire.

... Oui, mes amis, emportez
Son corps dans la montagne
Vers les sommets bleutés
Du vaste Guadarrama.
Là-bas sont des ravins profonds
Et des pins verts où chante le vent
Que son âme trouve le repos
Sous un chaste chêne vert
En terre où jouent dans le thym
Les papillons d'or...
Ici un jour le maître a rêvé
Que l'Espagne refleurissait.

Voici maintenant quelques extraits d'une élégie de Juan Ramon Jiménez, un autre poète et élève de Don Francisco * :

« Don Francisco (...) semblait résumer tout ce qui, dans la vie, est tendre et ardent : les fleurs, les flammes, les oiseaux, les sommets, les enfants (...) Maintenant, allongé sur son lit, comme la rivière gelée qui conti-

* Juan Ramon Jiménez a consacré un ouvrage à Francisco Giner de los Ríos : *Un Andaluz de Fuego*. (NdT).

nue peut-être à couler sous la glace, il est le chemin clair d'une infinie récurrence (...) Il était comme une statue vivante de lui-même, une statue de terre, de vent, d'eau et de feu. Il s'était si bien libéré de la gangue du quotidien que l'on aurait pu penser s'adresser à son image. Oui. On avait l'impression qu'il n'allait pas mourir, qu'il était déjà allé audelà de la mort, sans que qui que ce soit s'en aperçoive, qu'il était avec nous à jamais, tel un esprit.

(...)

Dès la petite porte de la chambre, un sentiment de bien-être nous saisit. Comme une main délicate, le parfum de thym et de violette qui flotte dans la brise entrant par la fenêtre ouverte nous conduit vers lui, qui gît là... Paix. L'œuvre de la mort ne se trahit que par le voile cendreux, d'un violet profond, qui colore son teint.

Quelle odeur suave et comme la mort est ici excellente ! Pas d'encens âcre, pas de crêpe noir. Tout est blanc et dépouillé, comme une cabane dans la campagne andalouse, comme le portail blanchi à la chaux d'un jardin dans le sud. Rien n'a changé, si ce n'est que celui qui vivait ici nous a quittés.

(...)

La lumière baisse, un petit vent annonciateur du printemps souffle. Les vitres reflètent des nuages roses. Le merle noir, l'oiseau qu'il a dû entendre siffler durant trente ans et qu'il aurait aimé entendre encore une fois mort, vient voir s'il écoute. Paix. La chambre et le jardin rivalisent de luminosité : celle de la chambre est plus forte et illumine l'après-midi. Un moineau va se poser dans la tache de soleil qui éclaire soudain le sommet d'un arbre et pépie. En dessous, à l'ombre, le merle siffle une fois encore. On croit de temps en temps entendre la voix qui s'est tue à jamais.

Comme c'est agréable d'être ici ! C'est un peu comme si l'on était assis au bord d'un ruisseau, ou en train de lire sous un arbre, comme si on se laissait emporter par le flot d'une rivière lyrique... On voudrait ne plus bouger, effeuiller à l'infini, comme une rose, ces heures de plénitude blanche, ne plus jamais quitter ce lumineux professeur dans le crépuscule éternel de cette ultime leçon de beauté et d'austérité.

(...)

Le portail porte l'inscription « CIMETIÈRE MUNICIPAL », pour bien préciser les choses, face au panneau marqué « CIMETIÈRE CATHOLIQUE ».

Il ne voulait pas être enterré dans ce cimetière qui est totalement en contradiction avec la poésie souriante et savoureuse de son esprit. Mais il fallait qu'il en soit ainsi. Il continuera tout de même à entendre les merles du jardin familier. « Après tout, dit Cossio *, il ne devrait pas être fâché de passer un bout de temps avec Don Julían... »

Des mains soigneuses ont ôté avec du thym l'humidité du sol. Sur le cercueil on a jeté des roses, des narcisses, des violettes. Un peu de l'arôme d'hier soir nous parvient, un peu de cette chambre à laquelle il va tant manquer désormais...

Silence. Un pâle soleil. Le vent apporte de lourds nuages qui nous recouvrent de leur ombre, traversée par des mainates noirs volant bas. Au loin, la sierra de Guadarrama, incroyablement chaste, élève ses cristaux de lumière blanche. Pendant quelques instants, un oiseau minuscule fait des trilles dans les champs ensemencés qui verdissent déjà, puis se pose sur le rebord blanc crème d'une tombe, avant de s'envoler...

Aucune impatience, rien... La lenteur. Le silence. Un silence que rompt la voix d'un enfant dans les champs, un sanglot parmi les tombes, le vent, le grand vent de ces jours-là...

---

* Don Manuel Bartolomé Cossio (1857-1935). Grand spécialiste du Greco, il prendra la direction de la *Institucíon Libre* à la mort de Giner de los Ríos. Il sera enterré dans ce même *Cementerio Civíl del Este*. (NdT).

Il m'est arrivé de voir étouffer un feu avec de la terre. D'innombrables flammèches sortaient de tous les côtés. Un maçon, élève de Don Francisco, a réalisé pour ce feu éteint un palais de glaise sur un carré de terre que deux amis ont libéré. Il a à sa tête un fusain, jeune et vivace et au pied un acacia, qui bourgeonne déjà à l'approche du printemps... »

Autour du palais royal El Pardo, les collines qui, en été, sont jaunes comme une croupe de lion, sont parsemées de rares *encinas*, ces chênes verts à la tête ronde et au feuillage tirant sur le bleu. La route de Madrid à El Pardo était l'une des promenades favorites de Don Francisco Giner de los Ríos. On passe devant la prison, dont l'inscription écrite au-dessus du portail – « ABHORRE LE CRIME, MAIS PRENDS PITIÉ DU CRIMINEL » – est l'illustration de son enseignement, puis on laisse derrière soi le palais de Moncloa et ses majestueux jardins à l'abandon pour longer le Manzanares sur un chemin qui traverse le domaine royal, avec ses gardes-chasses et ses panneaux « ATTENTION, PIÈGES À LOUPS », et, au sommet d'une petite colline, on aperçoit alors vers le nord la haute silhouette de la Sierra Guadarrama et ses sommets enneigés verdâtres dominant des contreforts bleus et les ondulations des terres semées de bosquets d'*encinas*, avant d'atteindre enfin le petit village et son couvent délabré parmi les platanes, en face de la demeure construite par Charles V. J'ai passé une matinée assis sous un *encina* à prendre connaissance, à travers des revues et des manuels, de la philosophie du droit, de la vie et des idées de Don Francisco. Quand le soleil brillait, l'odeur piquante des buissons de cistes qui m'entouraient, tout poisseux et couverts de fleurs blanches, me prenait à la gorge. Puis un petit vent descendu des montagnes apportait, en même temps que le froid des flancs neigeux, un vague et presque insipide parfum de lointains. De temps à autre, le son geignard de la cloche du couvent rectangulaire perché sur la colline d'en face venait me chatouiller désagréablement les oreilles. Plongé dans la lecture d'un résumé de la notion philosophique du monisme, je me bourrais le crâne de formules. Son amour ardent de la nature incitait parfois le maître à faire allusion dans ses cours à la magnifique image du grand Schelling, philosophe et poète : « L'homme est l'œil par lequel l'esprit de la nature se contemple. » Ensuite, ayant trouvé une formule pour commenter la phrase de Schelling, il s'adressait à ceux qui considèrent la nature comme la manifestation de l'instinctif, du rude, du grossier, et leur proposait de réfléchir au passage où Michelet explique que la toile tissée par un tisserand est tout aussi naturelle que celle tissée par l'araignée et que tout est en un Être unique, dans l'Idée et pour l'Idée, entendue au sens que l'on a donné au substantialisme de Platon.

J'avais posé mon livre sur l'herbe. Parmi les frondes de mousse d'un vert vif, de petites fourmis rouges réalisaient des exploits de grimpeuses, tandis que des fourmis noires empruntaient à vive allure des tunnels végétaux, leur corps allongé accrochant de temps à autre la lumière. Les cistes dégageaient un parfum brûlant et épicé comme l'atmosphère nocturne des rues d'une ville d'Orient. Au loin, les montagnes apparaissaient comme des couches de couleur, vert olive, bleu de Prusse, outremer, puis blanches. Un coup de vent glacial vint tourner les pages du livre. La pensée et la passion, la réflexion et l'instinct, les affects, les émotions, les pulsions se retrouvent dans l'empire de la coutume, qui ne se manifeste pas par le vocabulaire destiné à régir la conduite à tenir, mais par l'acte lui-même, tacite, allant de soi, ou, selon l'expression vigoureuse du Digest : *rebus et factis*. Une petite mouche verte et violette au corps incurvé était posée sur le mot « factis ».

Je me suis vaguement demandé si c'était un éphémère. Et soudain, il m'apparut que tous ces bouquins, toutes ces formules philosophiques poussiéreuses, ces articles mortuaires rédigés par des personnages officiels ne faisaient que ternir l'éclat de la légende à mes yeux, en gommant l'impact de la personnalité extraordinaire de l'homme. Ils embaumaient le Cid et l'exposaient aux regards dans l'église, son épée à la main. Quel genre de légende aurait suscitée une dissertation de l'archevêque sur sa théorie de l'angle des mâchicoulis ? Et que peuvent laisser derrière eux un saint, un soldat ou le fondateur d'une institution, sinon une légende ? Ce n'est évidemment pas pour les Franciscains que François d'Assise est resté dans les mémoires.

Ce qu'il y a de bizarre, à propos de la légende d'une personnalité, c'est qu'on n'a pas besoin de la formuler pour qu'elle exerce sa fascination. Elle existe par elle-même, au-delà des anecdotes, des notices nécrologiques, des élégies.

A Madrid, lors de l'enterrement d'une autre grande figure du XIXe siècle espagnol, Pérez Galdós, je me trouvais sur le trottoir à côté d'un garçon à la face de crapaud, nez plat et bouche largement fendue, qui balançait sur son épaule un grand bidon de lait en fer-blanc. Le corbillard garni de plumes et les voitures remplies de fleurs venaient juste de passer. Une marée humaine les suivait sur la chaussée dans un profond silence. On n'entendait que son piétinement, le frottement des pieds chaussés de souliers en cuir verni avec demi-guêtres, de souliers à bout carré, de souliers à bout pointu, d'espadrilles – les *alpartagas*; les gens sur les trottoirs, comme aspirés par la foule, se joignaient discrètement au cortège pour suivre ne fût-ce qu'un moment la procession du légendaire Don Benito. Le garçon au bidon de lait, se tournant vers moi, me dit qu'il avait de la veine qu'on enterre Pérez Galdós, car cela lui servirait d'excuse pour livrer son lait en retard. Pris d'une excitation soudaine, il ôta sa casquette et se mit à offrir des cigarettes à tout le monde. Puis, se grattant la tête, il lança sur le ton d'un saint Paul frappé par la révélation sur la route de Damas : « Il doit en avoir écrit, des livres, ce monsieur ! *¡ Cáspita !* Ça fait de la peine de voir mourir un homme comme lui. » Sur ces mots, il remit son bidon de lait en place et se joignit au cortège, sa tunique bleue flottant au vent.

Comme ce jeune laitier, je me retrouvai en train de me joindre au cortège des admirateurs d'un autre personnage légendaire,

Giner de los Ríos. Ce matin-là, sous le chêne vert, je refermai les livres de droit et les bulletins avec leurs notices nécrologiques, puis je me mis debout et, le regard fixé sur les collines brunes d'El Pardo, j'évoquai par la pensée le petit homme chauve que sa barbe blanche faisait ressembler au portrait d'Antonio Covarrubias par le Greco et qui avait inculqué à toute une génération l'amour de son formidable pays et le goût de l'ascension des montagnes et des bains dans l'eau froide des torrents, cet homme, le premier apparemment à avoir pris conscience de la beauté tragique de Tolède, qui avait réussi, au cours d'une vie discrète consacrée à sa tâche courageuse, à marquer du sceau de sa personnalité les êtres qui de près ou de loin croisaient son chemin. Né dans la partie la plus sauvage de l'Andalousie, à Ronda, au sein d'une famille venue de Vélez-Málaga, une ville blanche posée sur la côte fertile au pied de la Sierra Nevada, Giner de los Ríos faisait preuve de l'esprit agile, de la tolérance mêlée de scepticisme et du joyeux caractère des gens de la région, du calme et de la force musculaire du montagnard. Les générations insatisfaites qui, pour le meilleur ou pour le pire, tentent de remodeler l'Espagne à la hauteur de leurs espérances, ont intégré son puritanisme dans leur credo.

Sa nostalgie du Nord, des fjords où les sapins se penchent sur les eaux sombres, et des gens blonds disciplinés et chaleureux qui habitent des villes aux lignes droites et aux toits de tuiles bleues, est devenue l'évangile de l'européanisation, de la liquidation de tout ce qui, dans la tradition espagnole, était du domaine de l'individuel, du sauvage, de l'africain. *Rebus et factis.* Et pourtant aucun élément, aucun acte ne justifient vraiment qu'il ait laissé un souvenir aussi radieux et que les gens l'évoquent avec autant de tendresse et de bonheur. Cet homme est placé sur un tel piédestal qu'à l'instar du jeune laitier en livraison tombant par hasard sur le cortège funèbre de Pérez Galdós, même un étranger va être entraîné quasiment malgré lui dans la célébration. On ne peut l'imaginer enfermé dans un cercueil au *Cementerio Civíl,* en terre non consacrée. A Madrid, dans le petit jardin de l'*Institución* où il enseignait, face à une certaine cheminée d'une certaine maison d'El Pardo où, dit-on, il aimait s'installer pour bavarder, je m'attendais presque à ce qu'un ami me conduise auprès de lui, un peu comme l'on emmenait voir le Cid à San Pedro de Cardeña.

Cara tiene de hermosura
muy hermosa y colorada;
los ojos igual abiertos
muy apuesta la su barba.
Non parece que está muerto
antes vivo semejaba *.

2

Quoique Miguel de Unamuno fût récemment condamné à quinze ans de prison pour crime de lèse-majesté, c'est-à-dire pour avoir fait une certaine remarque dans un article publié par un journal de Valence, il n'a jamais été question qu'il accomplisse sa peine ou qu'on lui retire sa chaire de grec à l'université de Salamanque. Ce qui prouve, si besoin est, que l'attitude adoptée cinquante ans auparavant par Giner de los Ríos et ses amis avait porté ses fruits. En outre, lors de la tentative de soulèvement révolutionnaire d'août 1917, le retrait de la chaire de Besteiro entraîna des démissions en chaîne au sein du corps enseignant et suscita un tollé au point qu'il fut réintégré tout en étant membre du comité révolutionnaire et sous le

* Ces vers sont également extraits du *Romancero del Cid.* (NdT).

coup d'une condamnation à perpétuité à l'époque. En 1875, après la chute de la république, c'est devant un tollé populaire que les *krausistas* avaient fondé leur université libre. La pâte a levé.

Mais Unamuno... Basque, originaire de la même région que Ignace de Loyola, il vit à Salamanque, sur la zone la plus haute et la plus froide du plateau de la vieille Castille et sa personnalité est pratiquement à l'opposé de celle de Giner de los Ríos, homme austère, certes, mais à la manière du promeneur qui évite tout excès de nourriture ou de boisson pour que la route soit la plus longue et la plus agréable possible, tandis que l'austérité d'Unamuno est de nature religieuse, mystique, même. Giner de los Ríos était le champion de la vie, Unamuno est le champion de la mort. Voici son credo, ou du moins une partie de son credo, tel qu'il l'exprime dans l'avant-propos de sa *Vida de Don Quijote y Sancho* (« La Vie de Don Quichotte et de Sancho Pança ») :

> « Il n'y a pas d'avenir. Il n'y a jamais d'avenir. Ce que l'on appelle l'avenir est l'un des plus grands mensonges qui soit. Le véritable avenir, c'est aujourd'hui. Qu'adviendra-t-il de nous demain ? Demain n'existe pas. Quel est notre sort aujourd'hui, maintenant ? Voilà la seule, l'unique question.

Sur ce point, tous ces pauvres gens sont bien contents d'exister aujourd'hui et ils ne demandent pas plus. L'existence, l'existence pure et simple suffit à remplir leur âme. Ils ne cherchent pas au-delà.

Mais existent-ils ? Existent-ils vraiment ? Pour moi, la réponse est non, car s'ils existaient vraiment, ils en souffriraient au lieu de s'en contenter. S'ils existaient vraiment dans le temps et dans l'espace, ils souffriraient de ne pas être dans l'infini et dans l'éternité. Et cette souffrance, cette passion, qui n'est autre que la passion de Dieu en nous, de Dieu qui, en nous, souffre d'être captif de notre finitude, de notre temporalité, cette passion divine romprait les liens étriqués avec lesquels ils tentent de rattacher leurs souvenirs à leurs espoirs tout aussi étriqués, l'illusion de leur passé à l'illusion de leur avenir.

(...)

Ta folie don-quichottesque t'a conduit à me parler à plusieurs reprises du don-quichottisme comme d'une religion nouvelle. Je dois te dire que cette religion nouvelle que tu me proposes, si elle venait à voir le jour, aurait deux avantages particuliers. Le premier, c'est que son fondateur, son prophète – je veux parler de Don Quichotte et non de Cervantès – n'était sans doute pas un être de chair et de sang, et de fait nous avons tout lieu de penser qu'il n'était qu'une fiction. Le second, c'est que ce prophète était un prophète ridicule, dont les gens se gaussèrent.

Or, ce qui nous manque le plus, c'est le courage de faire face au ridicule. Le ridicule est l'arme des misérables barbiers, bacheliers, curés, ducs et chanoines, qui gardent caché le sépulcre du Chevalier de la Folie, le Chevalier qui fit rire tout le monde, sans jamais se permettre la moindre plaisanterie. C'était une trop belle âme pour cela. S'il prêtait à rire, c'était par son sérieux.

Commence donc, mon ami, à jouer les Pierre l'Ermite et bats le rappel pour que les gens se joignent à toi, se joignent à nous, et allons tous reprendre ce sépulcre, même si nous ignorons où il se trouve. La croisade même nous révélera le lieu sacré.

(...)

En marche ! Où allez-vous ? L'étoile vous le dira : au sépulcre ! Et que ferons-nous tandis que nous cheminerons ? Quoi ? Nous nous battrons. Nous nous battrons. Comment ?

Comment ? Si vous tombez sur un qui ment, jetez-lui à la tête : menteur ! Et en avant ! Si vous tombez sur un qui vole, jetez-lui : voleur ! Et en avant ! Si vous tombez sur un qui raconte des âneries devant une foule bouche bée, jetez à tous ces gens : imbéciles ! Et en avant ! En avant, encore et toujours !

(...)

En marche, donc ! Et chasse de l'escadron sacré tous ceux qui commencent à parler du pas, du rythme et de l'allure qu'il convient d'adopter. Surtout, surtout, chasse tous ceux qui font toute une histoire du rythme ! Ils finiraient par faire de cet escadron un corps de ballet et de la marche une danse. Qu'ils fichent le camp ! Qu'ils aillent ailleurs célébrer la chair.

Ces gens capables d'essayer de transformer l'escadron en marche en corps de ballet se baptisent les uns les autres « poètes ». Ils n'ont pourtant rien de poètes. S'ils marchent au sépulcre, c'est par curiosité, histoire de voir à quoi il ressemble, d'éprouver une sensation nouvelle, de se distraire en chemin. Qu'ils fichent le camp !

Avec leur bohème indulgente, ils contribuent au maintien de la couardise, des mensonges et des faiblesses qui nous submergent. Lorsqu'ils prêchent la liberté, c'est la liberté de disposer de la femme du voisin. Tout en eux est sensualité. Ils tombent même sensuellement amoureux des idées, des grandes idées. Ils sont incapables d'épouser une grande idée, une idée pure, et de fonder avec elle un foyer. Ils se bornent à flirter avec les idées. Ils veulent faire d'elles leur maîtresse, voire une aventure d'un soir. Qu'ils fichent le camp !

Si, en chemin, quelqu'un veut cueillir une fleurette qui sourit tout près, qu'il le fasse, mais en passant, sans s'attarder, sans s'écarter de l'escadron, dont le chef doit garder le regard fixé sur l'étoile éblouissante et sonore. Et s'il arbore la petite fleur sur le plastron de sa cuirasse, non pour la contempler mais pour l'exposer aux regards, qu'il fiche le camp ! Qu'il s'en aille danser ailleurs, avec sa fleur à la boutonnière !

Vois-tu, mon ami, si tu veux accomplir ta mission et servir ta patrie, tu dois te montrer odieux vis-à-vis des garçons sensibles qui ne voient le monde que par les yeux de leur bien-aimée. Ou pire encore. Que tes paroles soient aigres et stridentes à leurs oreilles.

L'escadron ne devra faire halte que pour la

nuit, près d'un bois ou bien à l'abri d'une montagne. Là, les croisés monteront les tentes, se laveront les pieds, mangeront la nourriture préparée par leur femme, à laquelle ils feront ensuite un enfant, puis ils s'endormiront après l'avoir embrassée et repartiront le lendemain matin. Et si l'un d'entre eux meurt, on le laisse au bord du chemin, enseveli dans son armure, à la merci des corbeaux. Laissons les morts enterrer les morts. »

Les idoles d'Unamuno ne sont pas les rationalistes et les humanistes du nord, mais les mystiques, les saints et les sensualistes de Castille, ces hommes d'acier qui avançaient d'un pas ferme en compagnie de Dieu, les Loyola, Torquemada, Pizarre et Narváez *, gouvernant avec le fouet et les poucettes et buvant la mort comme un vin capiteux. Ce qui l'excite, c'est le mysticisme éperdu d'amour d'une sainte Thérèse d'Avila ou d'un saint Jean de la Croix. Sa religion est toute de paradoxe, de déraison, de foi pure, de détachement du monde d'ici-bas et de désir fou de l'au-delà. Son style ne peut donc être autrement qu'impétueux, rébarbatif, redondant, encombré de tournures pesantes et tonitruantes. Il défend ses convictions

* Pánfilo de Narváez (1470 ? – 1528), redoutable conquistador espagnol à qui Charles V confia la mission de conquérir la Floride. Il mourut au cours de cette expédition. (NdT).

avec une vigueur et une insistance qui rendent ses essais inoubliables, même pour ceux qui, comme moi, rejettent avec force son ascétisme et son goût de la mort. Il crie dans le désert avec une rage anarchique qui en arrachera plus d'un aux plaisirs de ce monde et aux chaînes de forçats.

Dans l'abside de l'ancienne cathédrale de Salamanque se trouve une fresque représentant le Jugement dernier, que l'on a attribuée à tort ou à raison au peintre castillan Gallegos *. Au-dessus du retable, sur un fond sombre, la figure effrayante de l'ange exterminateur brandit son glaive, tandis que derrière lui se déroule le rouleau du *Dies Irae* et que des petits personnages nus et potelés tombent dans le vide sous ses pieds. Il y a des passages de *Del Sentimiento Trágico de la Vida* et de *Vida de Don Quijote y Sancho* où l'on sent vibrer ce glaive vengeur dans le verbe castillan d'Unamuno. Ce n'est pas pour rien qu'Unamuno habite Salamanque, cette ville couleur de rouille et de safran nichée dans les collines de terre rouge qui se dessinent sur un ciel immense où les nuages ressemblent à des blocs de granit, à des cathédrales flottantes, tant ils sont lourds et menaçants.

---

* Fernando Gallegos (1440-1507). Grand peintre de la ville de Salamanque, qui se consacra aux thèmes religieux. (NdT).

Une terre où l'aridité du sol, la morsure du vent glacé et la brûlure d'un vin puissant ont tourné les âmes vers l'autre monde, où les pieds furieux de l'ange exterminateur ont foulé les nuages. La Patmos d'une Apocalypse nouvelle*. Unamuno attaque en permanence ceux qui plaident pour la modernisation, pour l'européanisation de la vie et de la pensée espagnoles. Il fait contrepoids aux apôtres de Giner de los Ríos qui ont le regard fixé sur le nord. Dans l'un des volumes publiés par la *Residencia de Estudiantes*, il écrivait :

> « Comme on le voit, je procède par ce qu'on appelle des affirmations arbitraires, sans m'appuyer sur de la documentation ni sur des preuves, sans faire appel à la logique moderne européenne dont je refuse les méthodes.
>
> Peut-être. La seule méthode que je reconnaisse est celle de la passion et lorsque le dégoût, la répugnance ou le dédain m'étouffent, je laisse ma bouche exprimer l'amertume de mon cœur et je laisse sortir les mots comme ils viennent.
>
> Nous autres Espagnols, nous sommes, paraît-il, des charlatans arbitraires qui comblons les failles de la logique par de la rhétorique, qui ergotons plus ou moins ingénument, mais en pure perte, qui manquons de cohérence, avons l'âme scolastique et j'en passe.

---

* C'est à Patmos que saint Jean écrivit l'Apocalypse. (NdT).

J'ai entendu dire à peu près la même chose de saint Augustin, le grand Africain, de cette âme incandescente qui s'est exprimée avec force rhétorique, tournures de phrases, antithèses, paradoxes et formules ingénieuses. Saint Augustin était tout à la fois un gongorien et un conceptualiste, ce qui me porte à croire que le gongorisme et le conceptualisme sont les formes les plus naturelles de la passion et de la véhémence.

Le grand Africain, le grand Africain antique ! Voilà une expression – africain antique – que l'on peut opposer à « européen moderne » et c'est au moins aussi bien. Saint Augustin et Tertullien étaient africains et antiques. Et pourquoi ne dirions-nous pas : "Nous devons adopter le style antico-africain" ou "Nous devrions adopter le style afro-antique" ? »

L'arbre typique de la Castille, c'est l'*encina*, une espèce de chêne vert au port bas, au tronc noueux, rugueux et tordu et au dense feuillage bleuté ; il pousse toujours isolé et sur des collines sèches. On croise sur les routes des hommes maigres qui, avec leurs mains noueuses et leur visage tanné par le soleil, ont un air de famille avec les *encinas* de la région. Et la pensée d'Unamuno, tortueuse, emphatique, solitaire, martelée par des phrases violentes et sans apprêt, rude comme l'écorce du chêne et sinueuse comme son tronc, est de la même famille que ces hommes et ces *encinas* de Castille.

Voici un passage de la fin de *Del Sentimiento Trágico de la Vida* :

« Et dans ce siècle critique, Don Quichotte s'est aussi laissé contaminer par le criticisme et doit s'en prendre à lui-même qui, victime de l'intellectualisme et du sentimentalisme, paraît le plus affecté lorsqu'il est le plus spontané. Le pauvre veut rationaliser l'irrationnel et irrationaliser le rationnel. Il sombre alors dans le désespoir inévitable du siècle du rationalisme, dont Tolstoï et Nietzsche furent les deux plus grandes victimes. Et de désespoir il entre alors dans la colère héroïque de ce Don Quichotte de la pensée que fut Giordano Bruno, l'échappé du cloître, et se fait éveilleur des âmes endormies, « *dormitantium animorum excubitor* », comme s'intitule lui-même l'ex-Dominicain, lui qui écrivait : « L'amour héroïque est le propre des natures supérieures dites insanes – *insane* – non parce qu'elles ne savent pas – *non sanno* – mais parce qu'elles « sursavent » – *soprasanno.*

Mais Bruno était persuadé que ses doctrines triompheraient. Du moins a-t-on inscrit, au pied de sa statue élevée sur le *Campo dei Fiori*, face au Vatican, que celle-ci lui était consacrée par le siècle qu'il avait deviné : « *Il secolo da lui divinato.* » Mais notre Don Quichotte, le ressuscité, le Don Quichotte intérieur, ne croit pas, lui, que ses doctrines triompheront en ce monde car elles ne lui appartiennent pas. Et mieux vaut qu'elles ne triomphent pas. Si l'on voulait le faire roi, il se retirerait sur la montagne, fuyant les foules qui font les rois et les tuent, à l'exemple du Christ lorsqu'on a voulu le proclamer roi après le miracle de la multiplication des pains et des poissons. Il laissa le titre de roi qui serait plus tard mis sur la croix.

Quelle est donc la nouvelle mission de Don Quichotte en ce monde ? Crier, crier dans le désert. Car le désert entend, même si les hommes n'entendent pas, et il se changera un jour en un bois sonore, et de cette voix solitaire qu'il lance au désert telle une semence naîtra un jour un cèdre gigantesque qui chantera avec cent mille langues un éternel hosannah au Seigneur de la vie et de la mort. »

XVII

Tolède

« Lyaeus, tu l'as trouvée.

— Une fille, tu veux dire ?

— Non, l'essence, l'attitude.

— Je n'ai pas de filet à papillons, moi. »

Le soleil formait un halo brûlant autour de leur tête. Des deux côtés de la route droite, les oliviers tordaient leur tronc noueux. Enveloppé dans une couverture marron, un homme dormait sur un talus à côté de son âne qui broutait paisiblement. De temps à autre, un petit oiseau gris pépiait avec entrain, perché sur les fils télégraphiques. Un coup de vent apporta un souffle hivernal et de petites volutes de nuages passèrent devant le soleil, tandis qu'un frisson argenté parcourait les oliviers.

« Peut-être as-tu raison, Tél, s'écria Lyaeus après quelques instants de silence. Peut-être l'ai-je trouvée. Dommage que tu n'aies pas été avec moi hier soir.

— Que s'est-il passé, hier soir ? » Tandis qu'une méchante bouffée d'envie envahissait Télémaque, la figure réprobatrice de sa mère Pénélope lui apparaissait, sourcils froncés et main blanche levée en signe d'avertissement. Le souvenir de sa quête lui traversa fugitivement l'esprit, mais déjà Lyaeus poursuivait :

« Il ne s'est pas passé grand-chose, en fait. Il y avait simplement ces... C'est extraordinaire, Tél. » Il brandit son poing fermé au-dessus de sa tête. « Des gens merveilleux, comme tu n'en as jamais rencontrés. Ils m'ont donné un tambourin. Attends une minute, je vais te le montrer. » Il posa sur une borne le sac qu'il portait à l'épaule, le dénoua et en extirpa l'instrument, qui était rempli de figues. « Tiens, mets-les dans ta poche... Pilar, elle s'appelle Pilar. Elle a inscrit son nom au dos du tambourin. Je lui ai appris à le faire, elle ne savait pas écrire. »

Malgré lui, Télémaque se racla la gorge.

« C'était dans une gargote... Un endroit sensationnel, moitié maison, moitié cave. On s'y précipite et là je tombe sur cette étonnante gamine... Il y avait plein d'autres gens, des femmes bien en chair et tout, mais j'avais le regard sélectif. Elle était maigre comme un clou, avec des yeux noirs immenses et un regard timide de petit chien. Elle avait un chiot sur les genoux, tout gras et tout rose.

— Mais ce dont je parlais, ce n'est pas ça. Il s'agit d'un mouvement, quelque chose qui est de l'ordre de l'harmonie, de l'éternité.

— Il y a très peu d'attitudes », répondit Lyaeus.

Ils se remirent à marcher en silence.

« Je suis fatigué, reprit Lyaeus. Faisons au moins un arrêt ici. Il y a une taverne.

— A quoi bon s'arrêter ? On est presque arrivés !

— A quoi bon continuer ?

— On veut aller à Tolède, il me semble ?

— Pourquoi ?

— Parce que c'était notre but.

— Ce n'est pas une raison valable. »

Lyaeus partit d'un grand rire et franchit le seuil de la taverne.

Un peu plus tard, en sortant, ils découvrirent Don Alonso qui les attendait en tenant son cheval par la bride.

« Les Spartiates ne buvaient jamais de vin en route, dit-il en souriant.

— C'est gentil de nous avoir attendus. Tolède est-elle encore loin ? demanda Télémaque.

— Un peu plus d'une lieue, cinq kilomètres, autrement dit rien. Je tenais à voir votre tête lorsque vous découvrirez la ville. Je crois qu'elle vous plaira.

— Accélérons le pas, lança Télémaque. Certaines choses ne doivent pas attendre.

— Nous allons arriver au coucher du soleil. Toute la ville sera sur le *paseo* face à l'hôpital San Juan Bautista... C'est le dimanche de Carnaval. Les gens se déguisent et il y a un vacarme de tous les diables. Ce jour-là, on joue des tours aux étrangers.

— Voici le tour qu'on m'a joué dans le dernier bourg où je suis passé, dit Lyaeus en agitant son sac de figues. Mangeons-en quelques-unes. Je suis sûr que les Spartiates mangeaient des figues sur la route. Est-ce que Rossinante, je veux dire votre cheval, aime ça ? » Il présenta une poignée de figues au cheval. Celui-ci les renifla bruyamment avec ses naseaux noirs tachetés de rose, puis les prit dans sa bouche. Lyaeus s'essuya la main sur le fond de son pantalon et ils se mirent en marche.

« Symboliquement, Tolède représente l'âme de l'Espagne, commença Don Alonso après qu'ils eurent cheminé quelque temps en silence. Je veux dire par là que derrière les multiples visages de l'Espagne que vous avez vus et que vous verrez encore, il existe partout un courant sous-jacent de tragédie et de grotesque. D'un côté le Greco, de l'autre

Goya, Moráles *, Gallegos, le désespoir qui flamboie dans la poussière, parmi les haillons et les ulcères, la vie humaine qui, tel un hymne apollonien, monte soudain d'espaces grisâtres, désolés, abandonnés. A mes yeux, Tolède exprime la beauté suprême de cette farce tragique... Et le Greco l'incarne à son apogée, victorieuse et immortelle... N'est-ce pas étrange que ce soit ce Chypriote qui vivait à la vénitienne dans une grande maison proche de la synagogue abandonnée, choquant l'austère peuple espagnol par les échos des réjouissances et de la joyeuse musique qui s'échappaient de chez lui aux heures des repas, racontant de bonnes blagues au nez et à la barbe d'un visiteur aussi dépourvu d'humour que Pacheco **, vivant en solitaire dans un pays où, jusqu'à sa mort, il demeura incompris, un étranger qu'on considéra pendant deux siècles comme un fou, au même titre que Don Quichotte – n'est-ce pas étrange, disais-je, que ce soit lui qui traduise de manière aussi flamboyante tout ce qui à Tolède de-

* Luis de Moráles (1520-1586). Surnommé « Le Divin », il peignit surtout des Madones à l'Enfant et des Christ. Son style préfigure celui du Greco. (NdT).

** Francisco Pacheco (1564-1644). Peintre, érudit et historien de l'art, il fut le maître et le beau-père de Vélasquez. (NdT).

meurait imperturbable ? Je me suis souvent demandé si notre prise de conscience du génie inspiré et fiévreux du Greco, de cette vitalité qui animait les jeunes à mon époque et se manifeste encore parfois chez la jeune génération, ne tient pas au fait qu'elle risque d'un moment à l'autre d'être étouffée par l'entreprise de banalisation européenne qui avance à grands pas. Pas plus tard que l'autre jour, je me disais qu'il faut peut-être que certains styles de vie soient sur le point de disparaître pour que l'on s'y intéresse.

— Mais, intervint Télémaque, la plupart des intellectuels que j'ai rencontrés à Madrid semblaient attendre les progrès techniques tels que le métro avec une très grande impatience. Visiblement, pour eux, les distributeurs automatiques vont transformer la vie quotidienne en paradis.

— Ils sont surtout impatients de devenir actionnaires de sociétés d'exploitation du métro ou de distributeurs automatiques et d'aller se dé-hispaniser à Paris avec leurs gains. Mais parlons d'autre chose. Venez. Au prochain virage, après cette petite colline, nous pourrons apercevoir Tolède. »

Sur ces mots, Don Alonso enfourcha sa monture, tandis que Télémaque et Lyaeus accéléraient l'allure.

La première chose qu'ils virent, au-dessus

de la bosse rouge safran rayée de sombre d'un champ labouré, fut la girouette qui surmontait la coiffe d'ardoise d'une tour. « L'Alcázar », dit Don Alonso. La route tournait et bientôt des oliviers dissimulèrent la girouette à leurs yeux. Au virage suivant, les tours étaient au nombre de quatre. Elles étayaient solidement un bâtiment carré dont les fenêtres donnant sur l'ouest réfléchissaient le couchant. Au fur et à mesure qu'ils avançaient, ils virent que d'autres tours couleur de terre, des dômes et la flèche verdâtre d'une cathédrale, hérissée comme la queue d'un brocheton, se dressaient à la droite de la citadelle. La route descendit à nouveau, passa devant des maisons blanches. Des enfants étaient assis sous les porches d'où s'échappaient un grésillement d'huile de friture et l'odeur puissante d'un feu de bois de cistes. La montée suivante longeait un versant planté d'amandiers. Ils aperçurent les tours rondes, puis les murs crénelés d'un château de pierre grise que cachait par intermittence une dentelle d'arbustes anguleux portant déjà ici et là des bouquets de fleurs roses. Au sommet de la route, il y avait une taverne avec des mulets attachés devant et, plus bas, le Tage, le magnifique pont et enfin Tolède.

Les murailles appuyées au superbe site gris

et ocre des *Cigarrales* accrochaient la lumière orange du soleil couchant qui cascadait sur les hautes surfaces planes, découpées ici et là en créneaux, en tours carrées, en dômes et en flèches recouvertes d'ardoises. Un amoncellement de toits de tuiles jaunâtres descendait en terrasses vers le fleuve et les piles qui soutenaient l'arche gigantesque du pont. Les ombres prenaient des teintes bleu-vert et violettes. Au-dessus des quartiers du bord de l'eau planait la fumée bleu pâle des repas du soir. Au moment où les trois hommes descendaient la pente vers la lourde masse couronnée d'un dôme de San Juan Batista, qui se dressait à l'extérieur de la porte la plus proche, les cloches sonnèrent à toute volée. Un âne se mit à braire. Des cris montaient de la ville.

« Nous y voici, messieurs. Retrouvons-nous demain à la *fonda* », s'écria Don Alonso. Il souleva son chapeau et galopa vers l'entrée de la ville, laissant Télémaque et Lyaeus contempler le spectacle sur le bord de la route.

Au-delà du zinc, la pièce était de forme irrégulière, avec des murs vert Nil dont l'un était percé en hauteur de trois petites ouvertures en arcade qui laissaient encore filtrer un peu de lumière. Dans un angle étaient posés des tonneaux de vin, dans un autre des petites tables entourées de trépieds. De l'extérieur leur parvenaient le son claironnant d'une fanfare lointaine et le vacarme de la rue. Le tintement frémissant d'un tambourin se mêlait de temps à autre aux rires et aux cris. Lyaeus s'était laissé tomber sur un escabeau et avait allongé les jambes devant lui sur le carrelage.

« Je n'ai jamais autant marché de ma vie ! s'exclama-t-il. J'ai les pieds en compote. » Il se pencha en avant et ôta ses chaussures. Ses chaussettes étaient trouées. Il les ôta l'une après l'autre et remua les doigts de pied, l'air méditatif. Il avait les chevilles grises de poussière.

« Eh bien... », commença Télémaque.

Le *padrón*, un homme maigre et moustachu, vêtu d'une veste fantaisie jaune ouverte sur une chemise mauve, apporta deux verres d'un vin rouge presque noir.

« Vous venez de loin ? », interrogea-t-il en jetant un coup d'œil intéressé aux pieds de Lyaeus.

« De Madrid.

— *¡ Carai !*

— Pas en une seule étape, évidemment.

— Je vois. Vous êtes des marins et vous rejoignez votre navire dans le port de Séville. »

Le *padrón* les regarda tour à tour, avec une

expression sagace qui remontait un coin de sa moustache vers le plafond et descendait l'autre vers le sol.

« A vrai dire, non... »

Un homme approcha sa chaise de leur table. « *Con permiso de Ustedes* », déclara-t-il en ôtant sa casquette. Son visage large était un peu flasque et très pâle, avec de grands yeux gris aux cils blonds peu fournis. Il posa ses mains sur les épaules de Télémaque et de Lyaeus de façon à rapprocher sa tête des leurs et chuchota :

« Seriez-vous des déserteurs ?

— Non.

— Dommage. J'aurais pu vous donner un coup de main. Je me suis évadé de la prison de Barcelone la semaine dernière. Je suis un syndicaliste.

— Buvez avec nous ! s'écria Lyaeus. Patron, un autre verre, s'il vous plaît... Si vous avez besoin d'argent pour quitter le pays, nous pouvons vous aider, n'hésitez pas. »

Le *padrón* apporta le vin et se retira discrètement. Il s'installa sur une chaise près du comptoir, d'où il les contempla, un sourire approbateur sur les lèvres, avec un respect quasi religieux.

« Vous êtes des camarades ? demanda leur interlocuteur.

— Des camarades de ceux qui s'évadent,

dit Lyaeus en rougissant. Parlez-nous un peu de la situation. D'après vous, quand est-ce que ça va exploser ?

— Peut-être demain, peut-être jamais, répondit le syndicaliste. En tout cas, ni vous ni moi ne serons plus là pour le voir. Nous sommes pris au piège de l'industrialisation, comme le reste de l'Europe. Le peuple, y compris les camarades, se laissent gagner à toute allure par la mentalité bourgeoise. Nous risquons de perdre ce que nous avons durement acquis... Si seulement nous nous étions emparés des moyens de production quand le système était encore jeune et faible, nous l'aurions développé lentement à notre profit, en rendant la machine esclave de l'homme. Chaque jour que nous laissons passer nous rend la tâche plus difficile. C'est la course entre le capitalisme et le communisme ; c'est à qui gagnera à sa cause la péninsule. Pour l'instant, son cœur n'est ni à l'un ni à l'autre. » Il se frappa la poitrine du poing.

« Combien de temps êtes-vous resté en prison ?

— Seulement un mois, cette fois, mais s'ils me reprennent, ça ira mal. Ils ne me reprendront pas. »

Il parlait calmement, sans gestes inutiles. Simplement, de temps à autre, il roulait entre ses doigts bruns une cigarette qu'il n'avait pas allumée.

« Il vaudrait peut-être mieux partir avant qu'il ne fasse complètement nuit, suggéra Télémaque.

— On se revoit quand? demanda Lyaeus au syndicaliste.

— On se retrouvera forcément si vous restez quelques jours à Tolède... », répondit l'homme.

Lyaeus se leva et le prit par le bras.

« Ecoutez, acceptez un peu d'argent. Vous ne voudriez pas aller au Portugal ? »

Le syndicaliste secoua la tête, le visage empourpré.

« Si nous avions eu les mêmes opinions, je ne dis pas...

—Je suis d'accord avec tous ceux qui brisent leurs chaînes, dit Lyaeus.

— Ce n'est pas la même chose, l'ami. »

Ils se serrèrent la main, puis Télémaque et Lyaeus quittèrent la taverne.

Deux carrioles décorées de châles brodés aux couleurs criardes entraient dans la ville, les sabots des chevaux résonnant sous la voûte sombre de la porte. Elles étaient pleines de gens déguisés en dominos, en pierrots et en arlequins qui jetaient au passage des confettis aux passants. Télémaque en eut plein la bouche. Des petits enfants se mirent à danser autour de lui en le raillant, tandis qu'il crachouillait sur le bord du trottoir. Plié en deux, Lyaeus le saisit par le coude et tenta de l'entraîner dans le sillage des carrioles. Télémaque, irrité, se dégagea brutalement et disparut à grandes enjambées dans une rue sombre.

A travers les perforations d'une cheminée ronde en terra-cotta, la lune dans son décroît éclairait la rue et ses angles, plongés dans une pénombre verdâtre. Quelque part, de l'eau bouillonnait. Télémaque, épuisé, exultant, était appuyé contre un mur humide et regardait d'un œil vague l'ovale d'un visage féminin qu'il devinait plus qu'il ne le voyait derrière les barreaux d'une fenêtre haute, lorsqu'il entendit un bruit de pas mal assurés sur le gravier et Lyaeus apparut. Titubant légèrement, la lèvre humide et le sourcil en accent circonflexe, son ami semblait en proie à une joyeuse ébriété.

« Lyaeus, je suis ravi ! s'écria Télémaque en s'avançant à sa rencontre. Figure-toi qu'en déambulant dans le dédale de ces rues désertes, j'ai éprouvé soudain un sentiment de familiarité, l'impression que cela faisait partie de moi, que j'en avais absorbé l'essence même.

— Arrête avec ces histoires d'essence,

d'attitude, Tél. Il est temps que tu te réveilles ! » Lyaeus s'était juché sur une petite borne lisse qui empêchait les roues des voitures de s'approcher trop de la maison en tournant l'angle de la rue. « Réveille-toi ! reprit-il en agitant les bras. *Dormitant animorum excubitor*... Euh, non, c'est pas ça. Enfin, bref, c'est un type qui dit : "Debout, là-dedans !"

— Tu es saoul, Lyaeus. C'est beaucoup plus important que ça. C'est comme lorsqu'on apprend à nager. Au début, on se débat dans l'eau et on boit la tasse, c'est franchement désagréable. Et puis d'un seul coup, on prend le pli et on nage comme un canard. Eh bien, c'est ce qui s'est passé... Cette danseuse, à Madrid, c'était un défi... Tu as vu comme elle dansait...

— Tél, il ne faut pas gâter les bonnes choses en en parlant... Regarde, je fais comme saint Siméon le Stylite ! » Lyaeus leva une jambe, puis l'autre, tout en balançant les bras comme un funambule.

« Quand je t'ai quitté, reprit Télémaque, j'ai franchi l'autre pont, tu sais, le pont de San Martín et j'ai grimpé...

— Chut ! Il y a une fille qui glousse derrière cette fenêtre. »

Lyaeus se tint bien droit sur sa pierre et envoya un baiser à l'obscurité. Le gloussement se changea en un rire aigu. Une tête apparut à une fenêtre d'en face. Lyaeus fit de grands signes avec les deux mains.

« Laisse tomber, dit Télémaque. Attention, on nous a lancé quelque chose... Oh, c'est une orange... Je vais te dire comment j'ai ressenti l'attitude. J'étais monté au sommet d'une des collines des *Cigarrales* et je contemplais la ville, avec sa silhouette toute noire sur le ciel marbré, un ciel d'orage. La lune se n'était pas encore levée... Viens, ne restons pas là.

— V*en, flor de mi corazón* », cria Lyaeus en direction de la fenêtre.

« Un troupeau de chèvres passait en dessous, sur la route, et il y avait ce rythme cadencé, celui de...

— ... Attention la tête ! », s'écria Lyaeus en se précipitant soudain vers un angle du mur.

Télémaque entendit en imagination la voix de sa mère Pénélope lui reprocher : « On aurait pu t'assassiner, dans cette ruelle obscure ! » Il leva les yeux. Une jeune fille se penchait à la fenêtre, morte de rire, et le visait avec un seau qu'elle tenait à deux mains.

« Arrêtez, lança Télémaque, c'est lui qui... »

Il n'eut pas le temps de finir sa phrase. L'eau froide lui arrivait déjà en pleine figure, lui coupant le souffle et le trempant des pieds à la tête.

« A propos d'attitude... », chuchota Lyaeus depuis le porche où il s'était accroupi, tandis que la rue retentissait des hoquets d'un fou rire incontrôlable.

TABLE

Achevé d'imprimer sur les presses de

BUSSIÈRE

GROUPE CPI

à Saint-Amand-Montrond (Cher)
pour le compte des Éditions Grasset
en octobre 2005

N° d'édition : 14033. — N° d'impression : 053880/4.
Dépôt légal : octobre 2005.

Imprimé en France

ISBN 2-246-65881-0